[阿根廷]

玛丽安娜·恩里克斯 著

Mariana Enriquez

陈芷 李碧芸 译

名奖作品·互文

U0652345

火中遗物

Las cosas que perdimos en el fuego

外语教学与研究出版社

北京

京权图字：01-2018-4785

Copyright © Mariana Enriquez, 2016
Published in agreement with Casanovas & Lynch Agencia Literaria, through The Grayhawk Agency.

图书在版编目 (CIP) 数据

火中遗物 ／（阿根廷）玛丽安娜·恩里克斯（Mariana Enriquez）著 ；陈芷，李碧芸译 . -- 北京 ：外语教学与研究出版社，2022.9
（名奖作品·互文）
ISBN 978-7-5213-3913-0

Ⅰ．①火… Ⅱ．①玛… ②陈… ③李… Ⅲ．①短篇小说－小说集－阿根廷－现代 Ⅳ．①I783.45

中国版本图书馆 CIP 数据核字 (2022) 第 143471 号

出 版 人　王　芳
项目策划　张　颖
责任编辑　何碧云
责任校对　徐晓雨
装帧设计　范晔文
出版发行　外语教学与研究出版社
社　　址　北京市西三环北路 19 号（100089）
网　　址　http://www.fltrp.com
印　　刷　三河市北燕印装有限公司
开　　本　889×1194　1/32
印　　张　7.5
版　　次　2022 年 9 月第 1 版 2022 年 9 月第 1 次印刷
书　　号　ISBN 978-7-5213-3913-0
定　　价　54.00 元

购书咨询：（010）88819926　电子邮箱：club@fltrp.com
外研书店：https://waiyants.tmall.com
凡印刷、装订质量问题，请联系我社印制部
联系电话：（010）61207896　电子邮箱：zhijian@fltrp.com
凡侵权、盗版书籍线索，请联系我社法律事务部
举报电话：（010）88817519　电子邮箱：banquan@fltrp.com
物料号：339130001

记载人类文明
沟通世界文化
www.fltrp.com
外研社

序

玛丽安娜·恩里克斯笔下的文学世界犹如白日噩梦，故事游离在现实和魔幻之间，节奏平稳而紧张，叙事克制而成熟，娓娓道来中让读者陷入她构画的场景里。故事描绘的是生活在你我身边的平凡人，那里有我们熟悉的同学、邻居、朋友和爱人，但是在窗帘后、课桌下、院子里发生的事会挑动读者的神经。好奇心驱使着读者沿着作者的笔触推开一扇扇疑团重重的大门，想要一探究竟。故事的结尾会让读者有从白日噩梦中惊坐而起的错觉，思绪从故事的意象和情节中被拉回，看看周围还是寻常的夏日午后，但脑海中的影像却深深扎根，挥之不去。

　　反抗家庭暴力的女人，臭名昭著的连环杀手，流浪的孩子和社会福利工作者，拿骷髅头装饰房间的年轻女子，在旅馆凭空消失的丈夫，黑魔法，阿根廷北部的迷信……发生在布宜诺斯艾利斯繁华城市背后阴暗边缘地带的12个短篇故事，融合了21世纪的肮脏现实主义、埃德加·爱伦·坡、胡利奥·科塔萨尔和雪莉·杰克逊的风格。作者以细腻、幽暗的视角观察阿根廷社会。

这是一部既传统又当代的作品，它新颖、邪恶、阴暗又有趣，内容涉及性别和政治，似乎拥有敢于讲述一切的勇气，让读者在阅读中坠入混乱、失序、虚实交错的空间。

玛丽安娜·恩里克斯的作品自问世以来，在阿根廷国内外赢得好评不断。阿根廷记者兼作家比阿特丽斯·沙尔罗（Beatriz Sarlo）这样评论："作者拥有科塔萨尔的笔锋，甚至可以说有过之而无不及：挖掘日常生活堕落和丑恶的一面，在这道裂缝里渗透着非理性、肉体、欲望、污浊、恐惧交织在一起。"阿根廷诗人安德烈斯·纽曼（Andrés Neuman）说道："她的作品一方面以奇绝笔法重现某些民间传统，另一方面又能以敏锐到恐怖的目光来审视这些传统。"

本书引发了书评人的热议，有作者评论道："跟随着游荡地铁的伤疤女孩，穿越阿根廷的魅惑街头，尽管战栗悚惧，却蓬勃着生之欲望与希望。在拉丁美洲的神异民俗、禁忌的鬼屋门扉之间，作者引领着我们窥视堕落梦境的瞬间。"另有人赞叹："恐怖与惊骇的艺术，战栗与死亡的共存，罪恶所引起的情绪从来都只是浮世一瞥，然而我们存活其中，真实无误。日夜看似无伤，作者却总能在微乎其微的片刻，展开残酷的内在景象，一则一则近乎戕害的故事，其实是最为真实的火光。"

作家的风格和作品内容是其所处时代背景和个人经历的反映。玛丽安娜·恩里克斯1973年出生在布宜诺斯艾利斯，这也是她小说里许多故事发生的地方。在作者的成长时期，1976—1983年间，阿根廷军政府实施国家恐怖主义。为了防止左派分子渗入阿根廷，军政府发动了"肮脏战争"，大肆逮捕异派人士，甚至强行出卖失踪者的子女，造成数万家庭妻离子散。恐惧是阿根廷难以忘记的精神创伤。很多作家无处宣泄愤懑情绪，便将"失踪者"的故事投射到了文学作品中，又与拉丁美洲传统的魔幻现实主义结合，将视角转移到社会弱势群体和小人物身上，形成了集迷离、悬疑和诡谲于一身的"惊悚小说"。其中，玛丽安娜·恩里克斯被誉为"惊悚小说公主"，她的作品充满戏剧张力，内容新颖，构思大胆。

除去大时代背景，作者本人的学习工作经历也与其文学创作关系密切。玛丽安娜·恩里克斯自幼喜欢阅读博尔赫斯、科塔萨尔、萨巴多的作品，承袭了阿根廷的文学传统；此外，她还喜爱英美的惊悚小说，埃德加·爱伦·坡、罗伯特·路易斯·史蒂文森、斯蒂芬·金、雪莉·杰克逊、雷·布莱伯利等人的作品也是她学习模仿的对象。在广泛阅读、积累文学功底的同时，恩里克斯从小便喜欢听各地的神奇鬼怪故事，这使她得以结合自己的阅读体验，将这些故事解构并重组，用自己的方式重新叙述。长大之后的玛丽安娜·恩里克斯主业是记者，这一职业磨炼出她敏锐的社会洞察力与分析能力。阅读社会谋杀案件新闻，既是她的职业内容也是她的兴趣所在。经过她的奇妙构思和细腻分析，诞生出一个个看似离奇却发生在人们身边的惊悚故事。而本书正是作者以真实社会案件为蓝本，加入大胆的想象和奇幻元素，创作出的12个短篇故事。

这些故事发生在现代的阿根廷，主角是光鲜亮丽的大城市中阳光照不到的灰暗地带的边缘人群，作者以女性的视角去观察和叙述，笔触延伸到家庭暴力、毒品、失踪人口和滥用药物等话题，弥漫着恐惧、无助和冷漠的情绪。12个故事中，有的取材自真实发生的杀童案，有的来源于作者朋友青少年时期的精神疾病，有的发生在军政府时代的警察学校。无论是故事本身还是背景，作者都在真实与虚幻之间设置了一条模糊的界线，让欲探究竟的读者感到扑朔迷离，引发长久的思考，这也正是作品的文学魅力所在。

一桩桩离奇、匪夷所思的案件发生在现代而多种传统文化交织的阿根廷，从被遗忘的阴暗角落里发出的求助与呐喊，像拉普拉塔平原上的火与阿根廷海之水的交融。这里碰撞着一组组对立情绪——叛逆与顺从、疯狂与理智、歇斯底里与宁静。是一本能在脑海里久久回响的故事集。

陈芷

2019年4月14日

但愿我重又成为一个小女孩，

粗野、倔强、无拘无束。

——艾米丽·勃朗特，《呼啸山庄》

我在我的脑袋里。

我被困在错误的房子里。

——安妮·塞克斯顿,《致疯狂的年代》

目录

脏男孩

当我决定搬到宪法区爷爷奶奶留下来的那栋房子时，家里人都觉得我疯了。这栋位于总督大街上的沉重的石头房子，有着绿色的铁门和铺着马赛克瓷砖的地板，某些细节处还可以看到装饰派的遗风。瓷砖已经使用多年，磨损得很厉害，要是我哪天想起来给地板打个蜡，估计能修出个光滑的溜冰场来。然而我却一直钟爱着这栋房子。当我还是个小女孩的时候，大人们曾把它租给一家律师事务所。我仍记得当时自己有多么沮丧，我想念那些带有高高的落地窗的房间，想念那个如同神秘花园般的内庭。经过大门的时候却再不能自由进入，让我感觉很失落。我甚至没有那么想念爷爷，他沉默寡言，几乎从来不笑，也从不娱乐，他死的时候我都没怎么哭。倒是在他死后，至少有几年呢，我一度因为失去了这栋房子而痛哭过好几回。

　　继律师之后，这栋房子又接纳过一群牙医，最后落到了一家旅行杂志社手里——杂志社不到两年就倒闭了。这栋房子虽然古老，却极美极舒适，保养也相当得法，然而没有人，或者说很少有人愿意住在这个区。杂志社租这栋房子也纯粹是因为，就当时的市价来说，房租相当便宜。不过低廉的房租却并没能挽救这家杂志社，它很快就破产了，办公室也被洗劫一空。电脑啊，微波炉啊，甚至连笨重的复印机都被搬走了。

宪法区有个火车站，那里的火车都是从城南开过来的。十九世纪时，这片区域曾是布宜诺斯艾利斯贵族们的聚居地，所以才建起了这些像我家这样的大房子。在火车站另一边的巴拉卡区还有许多大宅，现在都已改成了旅馆、养老院，或者索性已只剩断壁残垣。1887年，为了躲避黄热病，那些贵族家庭向城北奔逃。没有什么人回来，或者说几乎没有人。许多年间，像我爷爷那样的富商得以买下这些带有滴水兽首和黄铜门环的石头房子，但是这个区却永远被打上了逃离、被弃和不受欢迎的标记。

而且，情况越来越糟。

然而，如果你懂得这里的生存法则，熟悉每一条街道，知道什么时候在哪里会发生什么，这里其实并不危险。或者说，没有那么危险。我知道如果周五晚上去卡拉依广场的话，极有可能会被卷入几个帮派的混战：塞巴约街的小毒贩们会跟其他入侵者争抢地盘，还会追着那些永远还不上钱的瘾君子讨债；而神志混乱的瘾君子们受不得一丁点儿刺激，总是抄起瓶子就打；疲惫的异装癖者喝得醉醺醺的，也同样紧紧守着自己的"一亩三分地"。还有一个秘密，那就是在主干道上比在索利斯街上更容易遭遇劫匪，虽然主干道上灯火通明，而索利斯街昏昏暗暗——仅有的几盏路灯大部分还是坏的。我在主干道上被抢过两次，每次都是两个男孩跑到我身边，抢走我的包，把我推倒在地。第一次我报了警，第二次我知道报警也没用，警察为了回报那些小年轻给他们帮过的忙，默许他们在主干道上抢劫，只要不超过高速路桥就行，这段免责抢劫大道跨越三个街区。在这个区安全活动是需要掌握诀窍的，虽然出人意料的事情总会发生。我很好地掌握了这些诀窍，那就是别害怕，跟一些关键人物搞好关系，和邻居打招呼，即便对罪犯也要如此——或者说对罪犯尤其要如此，还要永远昂首挺胸地走路，同时保持警觉。

我喜欢这个区，除了我自己没人知道为什么：在这里我如鱼得水，感觉自己独一无二、勇敢、清醒。这座城市已经没有几个地方像宪法区这样了；除了郊区的几处贫民窟以外，城里富庶而友好，更加热闹、庞大，生活也容易得多。住在宪法区不是一件容易的事，但是这里很美，所有的角落都曾经繁花似锦、富丽堂皇，就像一座座破败的庙堂，为不信神的人所占据——他们从不知晓，在这些院墙之间，曾经回荡着对古老神灵的赞颂。

这里有很多人露宿街头，但规模都比不上离我家两公里远的议会广场。那儿有个真正的营地，就在立法大楼对面。它是如此备受忽视，但又是如此引人注目。在那里，每天晚上都会有一群志愿者向人们分发食物，检查孩子们的健康状况，冬天发毛毯，夏天分发冰镇的饮用水。而宪法区的流浪汉们却被人遗忘了，没有什么人前来救助。我家对面的街角曾经有个商店，如今门窗都被砖封住，防止有人占用。现在街角那里住着一个年轻女人和她的儿子。女人怀着孕，应该还没几个月，但是这个区吸毒的母亲们都那么瘦，也看不出来她到底怀有几个月的身孕。她的儿子应该五岁了，没有上学，每天游荡在地铁里靠售卖圣人埃斯佩蒂多的像章换点钱。我知道这些是因为，有一天从市中心回来的时候，我在车厢里看到了他。他做生意的方式让人不怎么舒服：先把圣人像章塞给乘客，然后伸出一只沾满油污的小手迅速地和乘客握一下手。乘客们既同情他，又觉得恶心，因为小男孩又脏又臭。但是我从来没见过谁有足够的同情心把他拉出地铁，带回家，给他洗个澡，然后打电话给救助站。人们也就是跟他握个手，买他的像章。他的眉头总是紧锁着，说话的时候嗓音干涩嘶哑；他经常感冒，有时候会和地铁里的流浪儿童或者宪法区的其他小男孩在一起抽烟。

有一天，我们一起从地铁站回家。他没和我说话，但是我们并排走着。我问了他几个无聊的问题——他的年龄,他的名字;他没回答我。他不是个可爱暖心的小男孩。当我走到家门口的时候,他却开口了。

"再见,邻居。"他说道。

"再见,邻居。"我回答。

脏男孩和他母亲睡在破旧不堪的床垫上,三张软塌变形的床垫摞起来跟一张普通的床一样高。他母亲把不多的几件衣服装在几个黑色垃圾袋里,还有一个塞满了东西的背包,我从未看清里面有什么。她一直在街角,用凄楚沉闷的声音乞讨。我不喜欢他母亲,不仅是因为她不负责任,吸食可卡因,任由烟灰烫到她怀孕的肚子,或是因为我从未看到她温柔地对待她的儿子——那个脏男孩。她还有我不喜欢的地方。上周一放假,我在朋友拉拉家里剪头发时跟她说起了这事。拉拉是名理发师,但是好久没在美发沙龙里面上班了。据她自己说,她不喜欢有人管,而且在自己家里挣钱更多,还更省心。但是,拉拉的家,如果要作为理发店,还是有点问题。比如,时有时无的热水。她家的热水器很不好使,有时候我染完头发正在洗头,突然就会有一股冷水哗啦啦浇下来,冻得我大叫。这时候拉拉就会翻起白眼,说所有水管工都骗她,多收钱,而且一去不复返。我相信她。

"妹子，那女人是个魔鬼。"她一边嚷嚷着，一边用她那老旧的吹风机给我吹头发，我感觉头皮都快烧焦了。她用粗壮的手指为我理顺头发的时候也会弄疼我。几年前，拉拉决定成为女人，巴西籍；但是他出生的时候却是男人，乌拉圭籍。现在她是这个区最好的变性人理发师，并且已经从良。当她还是街头妓女的时候，用伪装的葡萄牙口音勾搭男人很是管用，但是现在不需要了。然而习惯使然，现在她在打电话的时候偶尔还会不经意地说葡萄牙语。她生气的时候，会高举双手，向庞巴吉拉女神[1]祷告，祈求她的复仇或者怜悯。她在工作的客厅一角给女神供奉了一个小小的祭坛，祭坛边上是她的电脑，永远开启着聊天模式。

"这么说你也觉得那女人是个魔鬼？"

"我看到她就浑身打战，妹子。她就像被诅咒了，我不知道。"

"为什么这么说呢？"

"我什么也没说。不过这里的人都在议论那个女的，说她为了钱什么事儿都干得出来，她甚至会去巫师大会。"

"哎呀，拉拉，什么巫师。这里哪有什么巫师，你怎么什么

1.庞巴吉拉女神（Pomba Gira）是巴西一些带有非洲宗教色彩的教派信奉的神灵。

都信。"

拉拉狠狠扯了一下我的头发，我觉得她是故意的。紧接着她向我道了歉。好吧，她就是故意的。

"妹子，你根本不知道这里到底发生了什么。你人是住在这里，可你的心属于另一个世界。"

她的话有点道理，虽然我并不怎么乐意听她这么说。我不喜欢她这么直截了当地就把我归了类：一个中产阶级的妞儿，决定住在布宜诺斯艾利斯最危险的区，只因为那够酷。我叹了口气。

"拉拉，你说得有理。但我想说的是，她就住在我家对面，一直待在床垫上，从不离开。"

"可是你大部分时间都在工作，根本不知道她在干什么，更别说在晚上。妹子，这个区的人很……怎么说，你甚至还没发觉就已经被抢了。"

"很神不知鬼不觉？"

"对。你用的词儿可真高级，是吧，萨莉塔？她是个文雅的妞儿。"

萨莉塔在等着拉拉弄完我的头发——十五分钟之前就开始等了，不过她并不介意，正翻看着杂志。萨莉塔是个年轻的变性人，长相漂亮，平时在索利斯街上拉客。

"萨莉塔，跟她说说，把你告诉我的跟她说说。"

但是萨莉塔像默片时代的女明星那样嘟起了嘴唇，她什么也不想说。谢天谢地。我一点也不想听这里的恐怖故事，那些故事如此匪夷所思，又如此真实，我一点也不害怕——至少白天如此。在寂静无声的晚上，集中精神加班赶工的时候，我偶尔会不由自主地想起人们低声讲述的那些故事，然后起身去查看，确认临街的大门和阳台门都锁好了。有时候，我会默默望着大街，望着脏男孩和他母亲睡觉的那个街角，他们就像两具无名尸体一样，一动不动。

一天晚上，刚吃过晚饭，门铃响了。很奇怪：这个时间几乎没人会来我家。除了拉拉，有时候她一个人有些无聊就会过来，我们一起听悲伤的兰切拉[1]小调，喝威士忌。我从窗口望出去——这里没人会直接把门打开，尤其是临近半夜时——看到了脏男孩。我跑去拿钥匙，让他进了门。他哭过，眼泪滑过他脏兮兮的脸庞，留下了几道清晰的痕迹。他径直跑进来，在厨房门口忽然停下，好像在等待我的允许，又好像是害怕继续往前。

"你怎么了？"我问他。

1.一种墨西哥乡村音乐。

"我妈没回来。"他说。

他的声音没有以往那么嘶哑，但也绝不像一个五岁男孩的。

"她把你一个人扔下了？"

他点了点头。

"你怕吗？"

"我饿。"他说。他也害怕，但是他已经学会足够强硬，不在陌生人面前流露出来，尤其是这个陌生人的家就在他街头的"家"对面，又大又漂亮。

"好吧，"我对他说，"进去吧。"

他光着脚。上次我见他的时候，他脚上还穿着一双相当新的球鞋，难道因为天热脱掉了？抑或是晚上被人偷了？我不想过问。我让他在桌子边坐下，弄了一点鸡肉和米饭放进烤箱，然后把奶酪抹在一片香喷喷的面包上。他边吃边盯着我的眼睛，很严肃，也很平静。他确实饿了，但是并没有到饥不择食的程度。

"你妈妈去哪儿了？"

他耸了耸肩。

"她经常这样吗？"

他又耸了耸肩。我突然想抓住他狠狠摇几下，但随即又为此感到羞愧。他需要我的帮助，但他没必要满足我病态的好奇心。

即便如此，他的沉默还是让我心生愤怒。我希望坐在我面前的是一个懂礼貌的、讨人喜欢的孩子，而不是这个阴沉的、肮脏的，每吃一口鸡肉都要细细品味的孩子。他一股脑把可口可乐全喝了，正坐在那里不停打嗝，并且想再要一杯。我没有甜品，不过主干道上的冰激凌店应该还开着，夏天一般会营业到凌晨。我问他想不想去，他笑着说好的，那微笑驱散了他脸上所有的阴霾。他的牙齿小小的，下面有一颗快要掉了。这么晚出去，又是到主干道那里，我有点害怕。不过冰激凌店处于中立地带，那里一般没有抢劫，也没有斗殴。

我没带钱包，只把一些零钱装进了裤兜里。到了街上，脏男孩握住了我的手，不像在地铁里向人们兜售像章时那样心不在焉，而是紧紧地握着我的手，或许他也害怕吧。我们穿过马路，他和他母亲睡觉的床垫上依然空无一人，他母亲的背包也不在，要么是她带走了，要么就是有人顺手牵羊偷走了。

冰激凌店离我家有三个街区，我决定走塞巴约街，那是一条奇怪的大街，某些晚上会出奇地平静。身材不怎么玲珑的变性人们——那些最胖的和最老的——一般会在这条街上拉客。我很难过没能给脏男孩找双鞋穿，人行道上会有玻璃瓶的碎渣，我不想他受伤。然而他却光着脚大步流星地走着，他习惯了。那天晚上，我们经过的三个街区没有变性妓女们的踪迹，反而到处都是祭坛。我想起他们在祭拜谁了：那天是一月八日，高乔人西尔[1]的忌日。他是一位来自科连特斯省的民间圣人，这一天全国都会祭拜他，尤其是在穷人聚集的地方。城里到处都是他的祭坛，甚至还有墓地。据说安东尼奥·西尔是因为当逃兵而被杀的，那还是十九世纪末的事。他死在一名警察手上——被吊在一棵树上，惨遭割喉。不过，在死之前，这个高乔人逃兵对警察说："如果你想你儿子的病痊愈，你要为我祈祷。"警察照做了，因为他儿子病得很厉害。祈祷完毕，他儿子居然就此好了。警察回去把安东尼奥·西尔的尸体从树上放下来，为他建造了一座墓碑。在他死的地方，矗立起一座神庙，时至今日，每年夏天，依然会有成千上万的人到那里祭拜。

我跟脏男孩讲了这个故事，我们在一座祭坛前停下来。那座神像是石膏做的，穿着天蓝色的上衣，脖子上系着一方红色的帕子，头上围着红色的头巾，背上背着一个十字架——也是红色的。还有一些红布和一块小小的红旗：鲜血的颜色，冤屈和杀戮的象

---

1. 高乔人（Gaucho，一译"加尔乔人"），阿根廷和乌拉圭一带草原上的牧民和骑手，以豪勇和蔑视律法闻名。19世纪初，他们加入军队，推翻西班牙殖民政权。在阿根廷有大量歌颂高乔人的传奇、民间传说和文学作品。高乔人西尔的称谓即来源于此。

征。然而这一切既不可怕也不邪恶。这位高乔圣人能带来好运、治愈疾病，他广施援手，却并不贪求回报。人们只需奉上他们的敬意，偶尔供奉些烈酒，或者前往梅赛德斯的神庙朝圣——人们顶着50摄氏度的高温，从四面八方赶到科连特斯省朝拜，有人步行，有人坐车，有人骑马，最远还有从巴塔哥尼亚过去的。神像在周围摇曳的烛光中忽明忽暗，我点燃一根已经熄灭的蜡烛，借火苗点了一支香烟。脏男孩看起来有点不安。

"我们这就去买冰激凌。"我说道。然而男孩的不安并非来自于此。

"高乔人是个好圣人，"他说，"另一个是坏蛋。"

他低声说道，看着那些蜡烛。

"哪个？"我问道。

"骷髅。"他说，"那后面的骷髅。"

在这个区，"那后面"指的是火车站的另一边，要穿过站台才能到，铁轨和河堤从那里一直延伸到遥远的南方。那里经常会有一些祭坛，祭拜一些奇奇怪怪的圣人——跟人人敬爱的高乔人西尔完全不同的圣人。我知道拉拉经常到河堤那里去祭祀她的庞巴吉拉女神，当然她总是白天去，因为那里很危险。她会带上五颜六色的盘子以及从超市买来的鸡，因为她不敢杀鸡。她曾经告诉我说"那后面"有好多死亡圣神的祭坛——小小的骷髅神像，周围摆着红色或者黑色的蜡烛。

"但也不能说他是个坏圣人。"我对脏男孩说道，他正睁大眼睛看着我，好像我在说疯话，"那个圣人啊，如果有人求他做坏事，他就会做。但是大部分人都不会这么祈求，大家都只是祈求他保佑而已。你妈妈把你带到'那后面'去过？"

"嗯，不过有时是我一个人去。"他说道，随后晃了晃我的手臂，拉着我去冰激凌店。

天很热，冰激凌店门口的地面黏糊糊的，应该有不少冰激凌滴下来。我想到，脏男孩的光脚丫子现在又莫名多了一层污垢。他跑进店里，用他老气横秋的声音要了一大份焦糖冰沙加巧克力屑。我什么也没点。天太热，我一点胃口也没有。而且，如果他母亲不出现，我也不知道该拿这个小孩怎么办。把他带到警察局吗？还是医院？或者让他住在家里直到他母亲回来？这座城市有社会服务机构吗？当然有。冬天的时候可以打一个电话通知他们哪里有流浪汉快冻死了。但我所知道的也仅此而已。当小男孩吮吸着手指的时候，我突然意识到我对外人竟是如此漠不关心，面对他们的不幸我又是如此处之泰然。

吃完了冰激凌，脏男孩从长凳上站起来，径自朝自己"家"走去，看也没看我一眼，我在后面跟着他。街道上没有一丝灯光，因为停电了，在炎热的夏天这很常见。我借着汽车的灯光分辨他的身影，街边祭坛忽闪的蜡烛有时候也会照到他和他漆黑的脚。一路上，他再没拉过我的手，也再没和我说过一句话。

他母亲已经在床垫上了。和其他瘾君子一样，她无法感知温度，所以依然穿了一件连帽衫，并且戴着帽子，好像天在下雨似的。她巨大的肚子裸露着，因为汗衫太短，盖不住。脏男孩跟她打了招呼，随即坐在床垫上，一言不发。

她气得发狂，咆哮着向我扑来，我无法描述那种声音。她让我想起家里的母狗，有一次它摔断了胯骨，痛得跟发疯了一样哀叫个不停，最后只是一个劲地低吼。

"你把他带哪儿去了？你这臭婊子！你想对他干什么？啊？！你别想碰我的儿子！"

她离我如此之近，我能看清她的每颗牙齿，她充血的牙床，她被烟斗熏黑的嘴唇，闻到她嘴里喷出来的焦油味。

"我给他买了一份冰激凌。"我冲她吼道，向后又退了一步，因为我看到她手里握着一个破酒瓶，随时准备砸向我。

"滚！否则我宰了你，臭婊子！"

脏男孩盯着地面，就好像什么也没发生，就好像他压根不认识我们——既不认识我，也不认识他母亲。我愤怒至极，这不知好歹的傻瓜蛋！我以最快的速度跑回家，双手颤抖得不行，差点掏不出钥匙。我打开了所有的灯，我这个街区没有断电，真幸运啊。我很害怕那女人会派人来找我麻烦。我不知道她那脑袋里会生出什么念头，不知道她在这个街区有哪些朋友，我对她一无所知。过了一会儿，我上楼从阳台偷偷打量她。她正仰面躺着抽烟。脏男孩好像在她身边睡着了。我拿了一本书和一杯水，打开电视，上了床，但是无论书还是电视，我都一点也看不进去。电扇开着，我却觉得更热了。电扇的嘎吱声搅动着燥热的空气，似乎只是让马路上的噪音稍稍轻了些。

天亮了，出门上班之前我强迫自己吃了些早餐。晨曦刚刚展露出她曼妙的身姿，酷热已经令人窒息。我关上门，第一眼看到的就是空荡荡的街角，床垫不见了。脏男孩和他母亲什么也没留下，哪怕一个袋子，一点污迹，甚至连一个烟头也没留下。那里空无一物，就好像什么也不曾存在。

脏男孩和他母亲失踪一周后，人们发现了一具尸体。下班回家时，我的脚因为炎热有些浮肿，我幻想着家里的清凉——高高的天花板和宽阔的房间，哪怕地狱般的酷热也很难让这样一座大宅子完全热起来。快到家的时候，我看到整个街区闹哄哄的，来了三辆警车，现场拉起了黄色的带子，人们里三层外三层围在那里看热闹。我一下子就认出了拉拉，认出了她的白色高跟鞋和金色发髻。她或许太紧张了，左眼的假睫毛都忘了贴，左右脸看起来反差很大，有半边脸跟面瘫了似的。

"怎么了？"

"发现了一个孩子。"

"死了？"

"你说呢？斩首！你有有线电视吗，亲爱的？"

拉拉已经几个月没付费了，所以看不了有线。我们进了屋，躺在床上看电视，吊扇的叶片在我们头顶速度吓人地飞转着。我让阳台的窗户大开着，这样就不致错过马路上的任何动静。我用托盘端来一扎冰镇橙汁，拉拉拿起了遥控器。在电视上看到我们的街区，感觉有些怪异。我们能听到楼下各色记者奔来跑去，一探头就能看到各个电视台的采访车。身处案发现场，却在电视上搜寻信息，听起来有些不可思议。但是我们两个都太了解这个区的游戏规则了：没人会开口，至少头几天里不会有人讲实话。一开始，大家都会保持沉默，万一牵扯进去的是需要保护的人呢？所以哪怕是一桩可怕的儿童凶杀案，一开始也没人会开口。几周以后，消息才会一点点放出来。现在还不是时候。现在是看电视的时候。

八点。时间还早，我和拉拉准备"狂欢"到深夜。我们先喝完橙汁，接着吃了比萨啤酒大餐，最后我打开了老爸送给我的一瓶威士忌。新闻里的消息简洁直白：索利斯街上一个废弃的停车场里发现了一具男孩的尸体——惨遭斩首，头被放在了肋骨旁。

十点。后续报道。受害者的头皮被剥去，头骨裸露在外，现场未发现任何毛发；眼睑被缝合，舌头被咬断，不知道是被孩子自己，还是被别人咬掉的——拉拉惊叫了起来。

新闻报道一直持续到深夜，记者们轮流在街上做现场报道。警察像往常一样，在摄像机面前保持缄默，背地里却不断地向记者透露消息。

午夜时分。还是没有人认领尸体。报道还说这个孩子生前被人虐待过，身上到处都是烟头的烫伤，疑似曾遭受性侵。到了凌晨两点，这个消息被第一份法医报告证实了。

到了这个时候，依然无人认领尸体。没有一个家人出现。母亲也好，父亲也好，兄弟姐妹、叔伯舅舅、堂表亲，乃至邻居或者认识的人，统统都没有出现。一个也没有。

被斩首的男孩，据电视里说，在五到七岁之间，很难估算他的年龄，因为他活着的时候严重营养不良。

"我想去看看他。"我对拉拉说。

"你疯了！警察怎么可能给你看一个被斩首的小孩！你为什么想去看他？你也够变态的。你一直是个小怪胎，像住在总督大街宫殿里的变态伯爵夫人。"

"拉拉，我觉得我认识他。"

"你认识谁？那个死掉的男孩？"

我跟她说是的，然后哭了起来。我喝醉了，但是心里非常肯定被斩首的孩子就是那个脏男孩。我跟拉拉说了那天晚上的事。为什么我没有好好照顾他？为什么没去想办法让他离开他的母亲？为什么没有至少给他洗个澡？我有个古老的浴缸，又大又漂亮，我几乎不怎么用，我总是草草冲个澡了事，只偶尔享受泡澡的乐趣。为什么？我至少应该把他身上的泥洗掉！或者给他买个玩具小鸭子，还有泡泡浴剂，让他洗个澡，在浴缸里好好玩一玩。那天我应该让他先洗个澡，然后再去买冰激凌。哦，那天已经很晚了，但是城里有24小时营业的超市，我应该给他买双鞋，我怎么能让他在晚上，在那样漆黑的马路上赤脚走路呢？我不该让他再回母亲身边。当他母亲用酒瓶威胁我的时候，我本该立刻报警，把她送进监狱，然后由我来照顾他，或者帮他找一户好人家。但是我没有那样做。我生他的气了！因为他不知感恩，因为他没有在他母亲面前维护我！我生一个孩子的气，一个被吓坏的孩子，一个有着瘾君子母亲的孩子，一个流落街头的五岁的孩子！

他流落街头的时候至少还"活着"，但是现在——死了，被斩首！

拉拉把我扶到马桶边大口呕吐，又去帮我买了治头痛的药。我呕吐一方面是因为喝醉了，一方面则是因为害怕，因为我确信那个孩子就是脏男孩，他被强奸、被斩首了，在一个停车场里，鬼知道为什么。

"他们为什么这样对他，拉拉，为什么？"我蜷缩在拉拉粗壮的双臂间，天已破晓，我们回到了床上，慢慢抽着烟。

"我的公主，我不知道你的小男孩是不是被杀的那个。等检察院开门的时间一到，我们就过去，这样你就能安心了。"

"你陪我吗？"

"当然喽。"

"但是，拉拉，为什么？为什么会有人做这种事？"

拉拉在床边的一个盘子里熄灭了香烟，然后倒了一杯威士忌，又加了一点可乐，用手指慢慢搅动着冰块。

"我认为那不是你的小男孩。被杀的那个男孩……他们下手太狠了。这是发给某人的一个信号。"

"你是说毒枭的复仇？"

"只有毒枭才那样杀人。"

我们俩都沉默了。我很害怕。宪法区难道会有毒枭吗？就像墨西哥的那些？我看过相关报道：十具被砍头的尸体挂在一座桥上；一辆汽车开到立法机关大门口，往台阶上扔下六颗人头；一个乱葬坑里发现了七十三具尸体，一些被砍了头，一些被砍掉了胳膊。拉拉默默地抽着烟，上了闹钟。我决定翘班，直接去检察院，把所有关于脏男孩的事情都告诉他们。

早上起来，头还是有点疼，我给拉拉和自己煮了咖啡。拉拉进了浴室，我听着她淋浴的水声，估摸着她至少要一个小时才能出来。我又打开了电视：报纸上没有什么新消息；网上也不会有，那里是谣言和疯话的发酵机。

晨间新闻的主播说有一个女人认领了尸体，一个叫诺拉的女人。她抱着一个刚出生的孩子，在几位家人的陪同下走进了停尸房。听到"刚出生的孩子"时，我的心快要跳出来了。那么，就是那个脏男孩了。他母亲直到现在才出现是因为她之前生孩子去了——天啊！多么恐怖的巧合！——他被杀的那晚也是他母亲分娩的那晚。是的！这合乎逻辑！母亲去生孩子了，所以脏男孩落单了，然后……

然后怎么解释呢？如果那是一个信号，一个复仇信号，怎么会针对这个长时间以来一直睡在我家对面的那个可怜的女人？那个吸毒的母亲顶多不过二十岁。或许，是针对他父亲？对！一定是他父亲！那个脏男孩的父亲又是谁呢？

电视上无数的摄像机对着那女人，摄影师们来回奔跑，记者们早已上气不接下气，所有人都冲向那个从检察院出来的女人，并向她喊道："诺拉，诺拉，你认为是谁杀了小纳乔？"

"原来他叫纳乔。"我轻声道。

突然，屏幕上出现了那女人的特写镜头，她哭号着。她不是脏男孩的母亲，完全是另外一个女人。大约三十多岁，已经头发花白，皮肤黑黑的，体态肥硕，一定是怀孕长的肉。她跟脏男孩的母亲截然相反。

她哀号着，没人能听懂她在说什么。她突然昏倒了，有人从后面扶住了她，应该是她的姐妹。我换了频道，但是所有的节目里都是这个哀号的女人。最后，一个警察来到话筒前，挡住了女人的叫喊声，一辆警车开过来，把她们拉走了。有太多新的信息。我跑到浴室，一五一十地告诉了拉拉，她正坐在马桶上，忙着剃毛、化妆、把长发挽成一个精致的发髻。

"他叫伊格纳西奥，小名纳乔。他家里人星期天的时候就已经报案，说他失踪了，但是看到电视新闻的时候，他们没想到就是自己家的孩子，因为小纳乔是在卡斯特拉尔镇失踪的，他家就是那儿的。"

"那里超远的，他怎么会死在这里呢？啊呀，我的公主，这太恐怖了。我已经把所有的预约都取消了，我决定了。发生了这样的事情，我没法儿剪头发了。"

"他的肚脐眼也被缝了起来。"

"谁？那孩子？"

"嗯，耳朵也被割掉了。"

"我的妈呀，我跟你说吧，这里的人别想安心睡觉了。这里的人说不上是什么好人，但这事绝对只有撒旦才干得出来。"

"大家也都这么说，是撒旦干的。但是不！不是撒旦，他们说这是一种祭品，献给死亡圣神的祭品。"

"庞巴吉拉女神保佑！玛丽亚·帕蒂尔哈女神保佑！"

"昨天晚上我跟你说过脏男孩和死亡圣神的事。死的不是他，拉拉，但是他知道。"拉拉跪在了我面前，用她大大的黑眼睛死命盯着我。

"我的公主，我求您了，千万别出去说这事儿。什么都不要说。不要跟检察官也不要跟任何人说。昨晚我是太过担心你，才让你去见法官。我们一个字也不要说，我们要像坟墓一样沉默。"

我听从了她。她有道理。我没什么可说的，也没什么故事好讲。只不过是和一个流浪儿童一起走过一次夜路而已，后来他不见了，就像经常会有流浪儿童不见一样。可能是他们的父母挪地方，把他们带走了。可能他们和一群偷东西的孩子混在了一起，或者在主干道上擦汽车玻璃，或者成了毒贩——只要干了这行，就得经常挪地方。他们可能睡在地铁站里。流浪儿童从来不会固定待在一个地方。他们在一个地方待一阵，然后就走人。也有可能是他们自己从父母身边逃走了。又或许是某个远方的舅舅不期而至，突然同情心爆发，把他们带走了，带到南方的家，让他们住在土路旁自家的房子里，和五个兄弟姐妹共享一个卧室——但至少是一间有屋顶的卧室。一个母亲和她的孩子在一夜之间消失又有什么奇怪的呢？一点也不。发现被斩首的孩子的那个停车场并不在那天我和脏男孩走过的路线上。那么死亡圣神呢？纯属巧合。拉拉说我们这个区到处都是死亡圣神的信徒。所有的巴拉圭移民还有科连特斯省的人都信奉他，但是这并不意味着他们就是杀人犯。拉拉信奉的是庞巴吉拉女神——那个长得像魔鬼，头上长角，手持三叉戟的女神——难道仅凭这个就能认定，拉拉是撒旦杀手吗？

当然不能。

"我想你陪我几天,拉拉。"

"当然没问题,公主。我自己来准备房间。"

拉拉很喜欢我的家。她喜欢把音乐放得震天响,然后慢慢地从楼梯上走下来,裹着她的头巾,叼着烟——一个拥有致命诱惑力的黑女人。"我就是约瑟芬·贝克[1]。"每说到这儿,她就会感慨自己是宪法区唯一大致知道谁是约瑟芬·贝克的变性人。"你真不知道这帮新来的小妞有多粗俗,啥也不懂,就跟水管子一样空洞,越年轻的越糟糕。一切都堕落了。"

我不再像以前那样有安全感了。小纳乔的被杀仿佛一剂麻药,让宪法区发生命案那一带突然消停了下来。晚上再也听不到打架声了,毒贩子们往南移动了几个街区。发现尸体的地方总有成群结队的警察巡逻。据说那个废弃的停车场并不是案发地,小男孩是在死后被人挪到那里的。

在脏男孩和她母亲曾经栖居的街角,人们摆放了一个祭坛,

1.约瑟芬·贝克(1906—1975),美裔法国黑人舞蹈家、歌唱家,以其性感大胆的舞蹈和柔美歌声著称。

祭奠"被斩首的小孩"——人们这样称呼他，还放了一张照片，上面写着"为了正义，为了小纳乔"。然而调查人员并不太相信这样的好意，对这样的集体悲痛也半信半疑，他们反而认为这更像是在为某人打掩护，因此检察官下令调查街坊邻居们。

我也被传唤了。我没把这件事告诉拉拉，我不想她不开心，因为她并不在名单之列。问话极其简短，我也没说什么对他们有用的东西。

"那个晚上我睡得特别沉。"

"我什么也没听见。"

"有几个流浪儿童在街上游荡，这个我听见了。"

调查人员给我看了小纳乔的照片。我说从未见过他。这是实话。这个孩子和宪法区的孩子截然不同，胖嘟嘟的，有两个小酒窝，头发梳得纹丝不乱（居然还在微笑！）。我从未在宪法区见过这样的孩子。

"我从未在街上或者任何人家里见过什么黑魔法祭坛。只见过高乔人西尔的。在塞巴约街。"

"我是否知道高乔人西尔是被割喉而死的？当然，全国都知道这个传说。我不认为这跟凶杀案有什么联系，你们呢？"

"当然，你们不需要回答我的任何问题。好吧，至少我不认为这两者有什么联系，我对祭祀仪式也不了解。"

"我是平面设计师。在一家报社上班，《时尚与女性》的增刊。我为什么住在宪法区？因为那是我家祖传的房子，那房子很漂亮。你们去那里巡逻的时候可以来参观。"

"当然，如果我听到什么，我会通知你们，那是肯定的。哦，是的，我晚上睡不好，就跟这里所有人一样，我们很害怕。"

他们当然没有怀疑我，他们只是例行公事。我坐公交车回家，因为如果坐地铁的话，需要走五个街区才能到家。案发之后，我不太愿意坐地铁，因为我不想碰到脏男孩，但与此同时，我又发疯似的想见他，这很病态。虽然有照片，有证据——一家报社为了哗众取宠，也为了经济效益，把被斩首男孩的尸体照片登在了头版，这天的报纸被迅速抢空，加印了好几次——但我依然坚定地相信那个被斩首的孩子就是脏男孩。

或者他将是下一个。这不是一个理智的想法。一天下午，我在拉拉的理发店里对她说起了这事。那天我想重新把发梢染成玫瑰色，这需要好几个小时。现在，客人们在拉拉那里等待的时候不再看杂志，也不再染指甲或者发短信了，现在人人都在谈论那个"被斩首的小孩"。先前的沉默已经被打破，但是我一直没听人提到过哪个具体的嫌疑人，大多是一些很笼统的话。萨莉塔说在她的家乡查科，曾经发生过一起类似的案件，只不过受害人是个女孩。

"她被发现的时候，也是头被砍下来放了肋骨旁，也被强奸得一塌糊涂，可怜啊，边上都是屎。"

"萨莉塔，求你别说了。"拉拉道。

"但是这是事实啊，你想要我说什么呢？这是巫术。"

"警察觉得这是毒枭干的。"我说。

"到处都是相信巫术的毒枭，"萨莉塔说，"你都无法想象查科是什么样。他们为了寻求保护会举行各种仪式。所以他们把她的脑袋割下来，放在尸体左侧。他们相信献上这样的祭品，警察就抓不到他们了，因为人头有神力。他们不只贩毒，还拐卖妇女。"

"但是你觉得，在这里，宪法区，也有这样的事情吗？"

"他们无处不在。"萨莉塔说道。

我梦见了脏男孩。我走到阳台上，而他站在马路中央。我向他挥手让他后退，因为一辆卡车正飞驰而来，但是脏男孩一动不动，抬头望着我，微笑着，露出沾满污渍的小小的牙齿。卡车从他身上碾了过去，车轮之下，他的肚子像足球一样被碾爆了，肠子被拖出去好远，一直拖到街角那里。他的头落在马路中央，依旧微笑着，双目圆睁。

我惊醒过来，浑身是汗，不断颤抖着。马路上传来一阵令人昏昏欲睡的昆比亚¹舞曲声，这个区在渐渐恢复往日的喧嚣——醉汉们的斗殴声、音乐声，还有被卸掉排气管的摩托车声，那可是少年们的最爱。案件待审结，这说明他们一点也查不出头绪。我去看了母亲好几次，她让我搬去跟她一起住，至少暂时住一阵子，我拒绝了。她大骂我是疯子，我们大声吵了起来，这是以前从未有过的。

有一天晚上我很晚才回家，因为下班后我去参加了一个同事的生日聚会。那是夏末的一个晚上。我坐公交车回家，提前下了车。我想走走，一个人。我认识回家的路。如果知道怎么走，宪法区还是安全的。我一边走，一边抽着烟。然后，我看到了她。

脏男孩的母亲很瘦——她一直很瘦，在怀孕的时候也是如此，从背后看，根本看不出她是孕妇。有毒瘾的女人即使怀孕了，也还是这样的身板：臀部依旧窄窄的，好像不愿意给孩子腾地方，身体里没有脂肪，大腿粗不起来；怀胎到第九个月的时候，两条腿依旧瘦得像竹竿一样——两根撑着一个篮球的竹竿，整个人看起来就像把一个篮球生吞进了肚子里。现在，她肚子消失了，看起来像一

---

1. 昆比亚（cumbia），拉美地区一种融合了非洲音乐风格的民间音乐和舞蹈。17世纪晚期发源于哥伦比亚，如今已发展出多种流派，拉美各国都有自己别具特色的昆比亚音乐。

个未成年少女。她靠在一棵树上，正试图借着街灯点燃手里的可卡因烟斗，她无所谓警察——凶杀案以后他们更频繁地在这个区巡逻——也无所谓其他的瘾君子，她什么都无所谓。

我慢慢地靠近她，她看到我时，立即就认出了我！立即！她眯缝起眼睛，想逃走，但是被什么挡住了。可能是头晕吧。就在她迟疑的那几秒钟里，我一个箭步冲上去，挡住了她的去路。我站在她面前，逼迫她说话。我把她按在树上，不让她动。她力气不够，反抗不了我。

"你儿子在哪儿？"

"什么儿子？放开我。"

我们两个都压低了嗓音。

"你的儿子，你很清楚我在说什么。"

脏男孩的母亲张开了嘴，她嘴里的味道让我恶心。那是饥饿的味道，就像放在太阳下的水果，散发出甜丝丝的腐烂气味，夹杂着毒品的药味和焦味；吸毒者身上的味道就像燃烧的橡胶，有毒的工厂，污染的水，以及太多化学制剂造成的死亡。

"我没孩子。"

我扼住她的喉咙，把她紧紧地按在树上，指甲掐进她的肉里，我不知道她是否能感觉到疼痛。反正几个小时之后，她就不记得我是谁了。我也不害怕警察。他们才不会关心两个女人打架呢。

"你要告诉我真相。不久前你还怀着孕。"

脏男孩的母亲试图用打火机烧我，她瘦骨嶙峋的手企图把打火机伸向我的头发，但被我识破了。她想烧我，这个狗娘养的！我重重地卡住她的手腕，打火机掉到了地上。她不再反抗。

"我没有孩子！"她吼道。她的吼叫声粗重而病态，让我突然清醒过来。我在干什么？在我家门口把一个奄奄一息的少女掐死吗？或许我母亲说得有道理。或许我确实应该离开这里。或许，正如我母亲所言，我搬到这里，是为了离群索居，因为这里没有人会来找我。我只是因为极度抑郁，所以才编造出了关于这个区的浪漫故事，但其实，这里是一团屎，一团屎，一团屎！我母亲冲我吼出这些话的时候，我发誓再也不跟她说话，然而现在，我掐着一个吸毒女孩的脖子，我想——我母亲说得有道理。

我根本不是城堡里的公主，而是被锁在塔里的疯女人。

那个女孩挣脱了我的双手，开始逃跑，步子缓慢：她有点呼吸困难。当她跑了半个街区的距离时，路灯照亮了她的身影，她突然回过身来。她大笑着，灯光正好照在她出血的牙床上。

"我把他们送给他了！"她狂叫道。

这叫声是冲着我来的，她盯着我的眼睛，眼里泛着可怕的光。

随后，她双手抚摸着空空的肚子，清晰而响亮地说道：

"这个我也给他了。我跟他许诺了两个。"

我在后面追她，但是她很快。或者说，她突然变快了，我不知道。她像猫一样穿过卡拉依广场，我差一点抓住她了，但是主干道上车流密集，她穿梭在车子之间，过了马路，而我做不到。我上气不接下气，双腿发抖。有人问我那个女孩是不是抢了我的东西，我说是的，本以为会有人去追她。但是没人：大家只是问我要不要紧，要不要叫一辆出租车，她偷了什么，等等。

"一辆出租车，是的，我要一辆。"我打了一辆车，让司机带我回家——我的家离这里只有五个街区。司机没抱怨什么，在这个区，他已经习惯了这样的短途。或许他已经没兴致抱怨了。已经很晚了，这应该是他回家前最后一笔生意。

关上门的那个刹那，我没有感受到以往的轻松——凉爽的房间、木制的楼梯、内庭、古老的瓷砖、高高的天花板带给我的轻松。我把灯打开，灯泡忽闪忽闪的。要烧坏了，我想，我要陷入一片漆黑了。不过最后，灯还是亮了起来，淡黄的、古老的、昏暗的灯光。我靠着门坐下，等待着脏男孩用他黏糊糊的小手轻柔地敲门的声音，或者他的头从楼梯上滚落的声音。我等待着这个脏男孩——再次——要求我，让他进来。

旅
店

烟味让她觉得恶心，每次她妈妈在车里抽烟，她都会有这种感觉。不过妈妈现在心情正差，她不敢让她把烟灭了。妈妈吐了口气，烟从鼻腔里冒出来，钻进了她的眼睛。姐姐拉莉坐在后座，塞着耳机正在听音乐。没有人出声。弗洛伦西娅望着窗外洛斯绍塞斯的大房子，暗自期盼能快些见到那些隧道、堤坝和赤色小山。虽然每年她都要去好几次自家在萨纳加斯塔镇的房子，每次途中都能见着，这些景象却从不曾令她厌倦。

　　不过这次出行不同于以往，大家不是自愿的。爸爸几乎是强迫她们离开拉里奥哈的。前一天晚上弗洛伦西娅听见争吵声，第二天一早便决议已定：从现在起一直到选举结束的这段时间，爸爸会一直待在省会准备市政议员竞选，而她们则需要在萨纳加斯塔镇待着。其实问题在于拉莉，她每个周末都会出门，经常喝得醉醺醺的，还有一堆男朋友。拉莉十五岁了，黑直的长发及腰。她很漂亮，不过最好还是少用点化妆品，剪掉她那些五颜六色的长指甲，还有学会穿高跟鞋走路。弗洛伦西娅有次看见她穿着双新靴子，每一步都迈得缓慢且小心翼翼，像一个罗圈腿的人在走路，她忍不住笑了出来。她觉得拉莉眼皮上涂的蓝色眼影很滑稽，戴的珍珠耳环也很丑，但她知道男人们都喜欢这样的女孩，也知道爸爸不想选举期间拉莉还在拉里奥哈四处晃荡。很多次放学后，弗洛伦西娅都因为替她姐姐辩白而挨了耳光。"你姐姐是个婊子、骗子、荡妇、妓女，不要脸。"或者诸如此类的话。骂拉莉的人基本都是女生。有次弗洛伦西娅在操场打完架，顶着破裂的嘴唇回家，在卫生间洗澡时，还想着怎么和父母撒谎——就说在排球训练的时候脸不小心被球砸中了——她觉得自己就像个傻子。她姐姐从来不会感激她的帮助，甚至都不和她说话。对拉莉而言，别人说她什么不重要，弗洛伦西娅为了替她出头去打架，这也没什么好在乎的，弗洛伦西娅对她来说一点也不重要。在家时拉莉总是躲在自己的房间里试衣服，还放着白痴的音乐，都是些浪漫空洞的废话：你将看着我到来，你将倾听我的歌，你将不请自入，时间和距离都不知道我的心有多需要你。整天都是同一首歌，简直烦得人想杀了她。虽然弗洛伦西娅对她姐姐印象不好，但要是别人叫她姐姐婊子，她还是会忍不住生气。她觉得任何人都不应该被叫作婊子：换作别人被这么叫，她也一样会去争辩。

有一点她倒是很清楚，别人是永远不会叫她婊子的。她放下车窗，想看清堤坝和"吉卜赛裙子"。"吉卜赛裙子"是山的一部分，看起来像一道已经干涸的血瀑布留下的印迹。她嘴里满满都是微湿的空气。别人可能会说她是同性恋、怪胎，说她有病，谁知道呢。

"妈妈，把音乐打开行吗？我电池用完了。"拉莉问。

"别烦我，孩子，别让我分心，我得开车。"

"你太没劲了。"

"闭嘴，拉莉，你已经惹火我了。"

事情就是这样，弗洛伦西娅暗自思考。她妈妈一点也不喜欢萨纳加斯塔镇。像大多拉里奥哈人一样，她会在夏天来到小镇，那时省会气温高达50度，中午根本没法睡觉，简直要把人热死。她总会提到乌斯帕亚塔或者海边，她厌倦了这个小镇，这里没有餐馆，小镇居民闭塞又惹人讨厌，手工艺品市场的商品价格从来没变过，甚至连东西摆放的位置都一成不变。她厌倦了圣女游行和那些四处可见的岩洞，厌倦了这个小镇有三座教堂，却连一个喝咖啡的酒吧都没有。如果有人和她说可以在小镇的旅店喝杯咖啡，她还是会很恼火，她讨厌那家旅店，还有旅店老板娘埃伦娜的殷勤，在她看来埃伦娜不过是个虚伪又自以为是的女人。她也厌倦了小镇唯一的消遣就是在旅店吃烤鸡，在旅店的赌场玩轮盘赌和游戏机，或者结识住在旅店的欧洲游客。她常说，幸好他们自己家有游泳池，不然就得用旅店的了，那样的话她会崩溃的。"这小镇连家烤肉店都没有，"她常常这样抱怨，"一家烤肉店都没有。"

六点半左右，她们和下午第一班小巴同时到达萨纳加斯塔镇。夕阳西下，山峦变了颜色，山谷的绿树也被染成了天鹅绒般的青苔色。拉莉在哭。她厌恶萨纳加斯塔镇，她很生气并且下定决心，等中学一读完，她就马上逃到科尔多瓦，她的某个男朋友就住在那里……弗洛伦西娅听到她和朋友打电话时说起过这个逃跑计划。

房子里十分阴凉，妈妈向来怕冷，所以点燃了火炉。弗洛伦西娅走到花园：她家用于周末度假的这栋房子格外小，因为她爸爸喜欢大片的空地，可以建游泳池，种些树，留出一块地方给狗狗们奔跑嬉戏，顺便搭个凉亭，种点花。他痴迷于各类花卉，喜爱程度远远超过妈妈——妈妈更喜欢仙人掌。弗洛伦西娅坐在吊椅上，细数眼前缤纷的颜色：花儿是橙黄和品红的，泳池是绿松石色的，仙人掌是绿色的，房子是玫瑰粉的。她给自己在萨纳加斯塔镇最好的朋友罗茜奥发了条短信："我到了，你来找我吧。"她们俩有很多话要说：罗茜奥之前在邮件中就提到过，她自己家也有事，她爸爸遇到了麻烦。罗茜奥的家人很少：她妈妈已经过世，她也没有兄弟姐妹。罗茜奥回复说在已经开门的售货亭见面。弗洛伦西娅往口袋装了点买可乐的钱，招呼都不打一声便跑了出去。在萨纳加斯塔镇，她最喜欢的一点就是可以不打招呼随意出门，爸妈既不会生气也不会大惊小怪。

她闻到空气中弥漫着一股燃烧的味道，可能来自一个烧落叶的火堆。那是一天中最美的时刻。罗茜奥坐在售货亭的一张塑料椅上等她，售货亭晚上会卖三明治和馅饼。她身穿毛边牛仔短裤和白T恤衫，头发散开，桌下放着她的双肩包。弗洛伦西娅亲吻她，然后坐下，忍不住看了看她的双腿，金色的绒毛在落日余晖的照耀下仿佛洒了一层金粉。她们俩买了一瓶两升装的可乐，弗洛伦西娅迫切地想了解一切。

罗茜奥的爸爸在旅店当导游已经有些年头了：他带客人们去古迹公园、堤坝和萨拉曼卡山洞。他是一个深受上司喜爱的员工：他的面包车坏了之后，就一直借用旅店老板娘的四驱越野车，他可以随时在餐厅免费用餐、免费游泳、免费玩桌式足球。小镇上都说他是埃伦娜的情人。罗茜奥否认了这个说法，他爸爸才不会和旅店老板娘交往呢，那个傲慢的女人，她这么说道。弗洛伦西娅之前和罗茜奥父女俩一块儿游玩过很多地方。他是个特别棒的导游，细心且友善：有风趣幽默的他陪伴，就算顶着烈日爬山，也不会觉得累。

"我简直不敢相信埃伦娜把你爸爸赶了出来，发生了什么？"

罗茜奥擦掉她嘴边可口可乐留下的棕胡子。

"在此之前事情就不太好了，"她说，"因为埃伦娜资金上出了问题，她变得歇斯底里。"不过当她爸爸跟几个布宜诺斯艾利斯的游客提到，三十年前，在旅店建成之前，这里曾是一所警察学校，事情才彻底坏了。

"但你爸爸在带团讲解小镇历史时，总是会说这些的呀。"弗洛伦西娅说。

"是这样没错，不过埃伦娜之前不知道这事儿呀。那些话让一些游客提起了兴趣，他们想了解更多，便直接去问了埃伦娜。这样一来她就知道了我爸爸说过有关警察学校的事情，她跟他吵了一架，还把他赶了出来。"

"她为什么这么生气呢？"

"我爸爸说，她是不想让那些游客往坏处想，因为在独裁时期那里曾是一所警察学校，你还记得我们在学校学过的吗？"

"什么？他们在那里杀过人？"

"我爸爸说没有，埃伦娜魔怔了，那里不过曾经是所警察学校罢了。"

罗茜奥说警察学校这事不过是埃伦娜的一个借口，既然她十年前买下了这家旅店，那说明她其实一点也不在乎这段历史。她就是对她爸爸不满，想把他赶走，所以才抓着这事不放。她资金周转不灵，得赶一些人走。埃伦娜收走了她爸爸的旅店钥匙，还让他交些比索¹来修理越野车，但那不是她爸爸弄坏的呀，只是正常使用造成的磨损；而且禁止他私自带团，否则就要告他。更过分的是，她连最后一个月的工资都没发给他。

"不过他还是一样可以当导游带团呀，这有什么关系呢。"

"他不打算再做这一行了，他不想惹麻烦。另外，他说自己厌倦了萨纳加斯塔镇的居民，想离开这儿。"

罗茜奥喝完杯子里的可乐，向售货亭的狗唤了一声，那狗立马跑过来，当它发现收到的是爱抚而不是食物时，似乎有些失望。

"我不想走，我喜欢这儿，我想和你还有其他女孩子们一块儿在拉里奥哈念中学。"

弗洛伦西娅蹲下身抚摸狗的耳朵，靠得离狗非常近，运气好的话，她的脸就能被挡住一部分——她不想让罗茜奥看见自己快哭出来的样子。要是罗茜奥离开萨纳加斯塔镇，她会不顾一切跟着一起逃走。但就在这时她听到了一个好消息，也是她长这么大

1.阿根廷货币名称。

听到的最好的消息。

"我恳求他说我们留下来吧，他说我们的确是要离开萨纳加斯塔镇，只不过要去的是拉里奥哈，他已经和旅游部协商了那边的工作，是不是棒极了？"

弗洛伦西娅抿紧嘴唇，说简直太棒了。她喝完杯里的可口可乐，平复了一下情绪。"我们去玫瑰广场吧，"罗茜奥提议，"那些玫瑰花骨朵儿都开了，你都不知道有多美！"

那只狗跟着她们一块儿去了，两人还带着剩下的可口可乐。这时已临近入夜，萨纳加斯塔镇中心的柏油路都被照亮了。透过某些房子的窗户，能看见里面有许多女人聚在一起攥着念珠祈祷。弗洛伦西娅有些怕这种聚会，尤其是燃起蜡烛时，忽明忽灭的烛光映照在人们紧闭的双眼和脸上，仿佛是一场葬礼。她家没人会攥着念珠祷告。这种情况很少见。

罗茜奥在一张长凳上坐下，终于开口说："弗洛，现在我可以告诉你了，在售货亭那边的时候我不能说，怕万一有人偷听。你得帮我一个忙。"

"什么忙？"

"不行，你得先答应我一定会帮我，你得先向我保证。"

"好。"

"那我现在可以给你看了。"

罗茜奥打开她一路背到广场的双肩包，给弗洛伦西娅看了看里面的东西。在路灯的照耀下，包里的东西突然跃入眼帘，把她吓了一跳：她觉得那肉像一具动物的尸体，又像是人身上的肉，抑或是某种可怕的东西。不过，都不是：是香肠。弗洛伦西娅松了口气，又怕罗茜奥笑话她刚刚吓傻的样子，便故作轻松地问："你打算干什么？让我帮你做顿烤肉？"

"不，傻瓜，这是用来把埃伦娜那个女人吓得屁滚尿流的。"

接着罗茜奥解释了她的计划，目光中透着对埃伦娜的恨意。弗洛伦西娅看得出来，罗茜奥也发觉了埃伦娜是她爸爸的女朋友。她也知道他俩虽然为警察学校这件事吵过架，但真正的症结却另有所在，只是她不愿承认。这些从她提起埃伦娜时的语气就能感觉到，在想象着埃伦娜被羞辱后的模样时，她的声音简直兴奋得发抖。明显她想惩罚埃伦娜，替她妈妈报仇。弗洛伦西娅想起人们常说"念念不忘，必有回响"，便努力祈祷，希望罗茜奥能信任她，对她坦承一切、毫无保留。一旦分享过秘密，她们就能永远紧密地联结在一起了。但罗茜奥没有，所以弗洛伦西娅只能答应她，晚饭后拿上一把手电筒，和她在旅店后面会合。

游泳池那片是开放的，可以从那儿进入旅店。在萨纳加斯塔镇，人们从不用钥匙反锁门。旅店现在正处于淡季，呈马蹄铁形环绕泳池花园的那栋大楼整个都是关闭的。只有前面临街的那栋楼在使用，前后两栋楼中间是赌场，不过这个时节赌场也是关闭的，除了偶尔有人把它租来举办个特别的活动。旅店形状很奇怪，确切地说，像一个军营。

为了不弄出声响，弗洛伦西娅和罗茜奥光脚走进了旅店。她们有钥匙，因为罗茜奥爸爸自己留了一副后门的钥匙和一把复制的万能钥匙。罗茜奥认为他很可能想过要把这些钥匙还回来，但在争吵的暴怒下忘记了。她一看到这些钥匙便有了主意：晚上旅店女主人会在距离很远的前面那幢楼里睡觉，趁这时进入旅店，挨个儿走进几个房间，把床垫剪出洞来——都是些海绵床垫，哪怕一把不怎么锋利的刀也能轻易把它们割开——然后往每个床垫里塞根香肠，再把床铺好。几个月之后，腐肉的味道会让人无法忍受，如果运气够好，他们得好久之后才能发现恶臭的源头。弗洛伦西娅被这个恶毒的计划惊呆了，罗茜奥告诉她自己也是从电影里面学到这个方法的。

她们刚一打开门，内格罗就出现了，它是旅店的一只看门狗，也是最尽责的那只。但内格罗认得罗茜奥，它舔了舔她的手。为了让它更安静些，罗茜奥给了它一根香肠，内格罗立马去仙人掌旁吃了起来。她们顺利进入旅店。走廊黑漆漆的，弗洛伦西娅打开手电筒，感到一种巨大的恐惧：她几乎确信光束会照到一个朝她们跑过来的白脸，或者照出藏在角落里某个人的双脚。但什么都没有。除了房门、几把椅子、卫生间的指路标，还有电脑室，那里面有台关着的电脑和几张用相框装起来的照片，照片是几年前的查雅节[1]上拍的；旅店在查雅节期间总是爆满，还会在公园举办查雅庆祝活动。

罗茜奥示意她快点。她在黑暗中可真美啊，弗洛伦西娅暗想。罗茜奥扎着马尾辫，穿着一件深色套衫，因为萨纳加斯塔镇夜里总是格外冷。空旷的大楼内一片寂静，甚至能听见她急促不安的呼吸声。"我又紧张了。"罗茜奥在她耳边悄悄说，随后她抓住弗洛伦西娅没拿手电筒的那只手贴在自己胸口。"我觉得我的心一直在扑通扑通地跳。"弗洛伦西娅由着自己的手被罗茜奥抓着放在她温热的胸口，内心泛起一种奇怪的感觉，仿佛是想撒尿，肚脐下面发痒，像是有蚂蚁爬过一样。罗茜奥松开她的手，走进其中一间房，但那种感觉仍在，弗洛伦西娅用双手抓稳手电筒，以免光柱晃来晃去。

1.阿根廷拉里奥哈省特有的民俗节日，是当地最重要的文化嘉年华之一。

正如罗茜奥所料，她们用一把从厨房带来的刀轻而易举地划开了床垫。之后也没费什么力气就把香肠塞进了洞里。从侧面可以看见刀划开的口子，不过当她们俩一块儿把床单铺好时，整个计谋就完美无缺了。没人会发觉床垫里藏了肉，至少，不会马上发现。接下来她们如法炮制地完成了另外两个房间的工作，然而弗洛伦西娅开始有些害怕了，说："为什么我们不就此离开呢？已经够了。""不，我还剩六根香肠，我们继续吧。"罗茜奥说，于是弗洛伦西娅不得不继续跟着她。

她们钻进一个临街的房间，她们俩必须十分小心，不能让人从外面看到手电筒的光，因为临街的百叶窗没拉紧，还透了点外面路灯的光进来。这个时间萨纳加斯塔镇的街上已经没人了，不过谁知道呢。万一有人以为是旅店进了小偷的话，说不定会朝她们开枪呢，一切都有可能。她们成功划开了床垫，把香肠塞进去，又顺利把床铺好。

"唉，我累了，"罗茜奥说，"我们躺会儿吧。"

"你疯了！"

"得了，不会有事的，我们歇会儿吧。"

但正当她们打算躺在刚铺好的双人床上时，却被外面传来的一阵喧哗吓得猫下了腰。一切都猝不及防，同时又不可思议：一辆汽车或者是小客车的发动机，声音大到不像是真实的，应该是段录音。之后又出现另一个发动机的声音，而且这时开始有人用某种金属的东西砸百叶窗。两个人在黑暗中尖叫着抱成一团，因为在发动机和砸窗户的声音之中，又新夹杂了急促的脚步声和男人的喊叫声；那些四处跑动的男人现在开始砸所有的窗户和百叶窗，还用卡车、越野车、小汽车的大灯照射她们所在的房间。透过百叶窗的缝隙，她们可以看到那些车灯、一辆正开进花园的汽车、四下奔跑的许多双脚、砸窗户的手和某种金属物件，还能听见男人的喊叫声，许多男人的喊叫声。有人说："来吧，来吧。"于是一声玻璃破碎的声音过后，喊叫声更加激烈了。弗洛伦西娅觉得自己尿裤子了，她控制不住自己，她不能、也不想继续尖叫，因为她已经被吓得气都不敢喘了。

车灯熄灭，房门打开了。

女孩们试着站起来，但两人都哆嗦得厉害。弗洛伦西娅觉得自己快要晕过去了。她把脸埋在罗茜奥肩膀上，紧紧抱住她，甚至都把她勒疼了。有两个人走进了房间。其中一个打开了灯，于是女孩们勉强认出了旅店的主人埃伦娜和晚上看店的女店员。"你们在这儿做什么？"埃伦娜认出她们后问道，女店员也放下了手里的枪。埃伦娜气冲冲地拎着两人的肩膀，让她们站起来，却发现两个女孩受惊过度：她之前听见她们尖叫得好像有人要杀了她们一样。尖叫声泄露了她们的踪迹。女孩们怕的并不是她，刚刚一定是发生了什么事情，但埃伦娜猜不出是什么，而当她试着问她们时，两人要么一直哭，要么就是问她刚刚是不是旅店的警报，那些声音是什么，是什么人在砸窗户。"什么警报？"埃伦娜问了很多次，"你们在说什么人？"不过女孩们好像没听懂她的问题。两人中有一个，那位律师、拉里奥哈市政议员候选人的女儿，尿湿了裤子。马里奥的女儿背着一个装满香肠的双肩包。"天，到底是怎么回事啊。为什么会那样尖叫，还叫了那么长时间？"女店员特尔玛说听见她们一边大哭一边尖叫了足足有五分钟。

马里奥的女儿相对平静些，先开了口：她说刚才听见了汽车声音，看见了车灯，并且再次提到奔跑的男人和砸窗的事情。埃伦娜愤怒了。这个小孩在向她撒谎，编这么个鬼故事来坏她旅店的声誉，就像马里奥一样。她像马里奥一样背叛了她，很可能这就是他的指令。她不想再听下去了。她给律师的妻子和马里奥打电话，告诉他们自己在旅店里发现了两个女孩，让他们来把她们领走。"这次我没报警，"她对他们说，"但如果再有下一次，就去警察局找她们吧。"

两个女孩紧紧相拥，一直到她们的家人来了才分开。"明天我给你打电话，"她们俩互相说道，"一切都是真的，她给我们拉响了警报，不对，不是警报。"俩人悄悄说着话，并没有听到家长们生气的指责，他们要听解释，一个在那晚得不到的解释。弗洛伦西娅的妈妈一脸担忧，默不作声地替女儿换掉尿湿的裤子。"明天你再告诉我事情的经过。"她这么说，她没法再假装生气了，她注意到弗洛伦西娅明显是被吓到了。"对了，不准再见你的朋友了，嗯……在你爸爸让我们回拉里奥哈之前，你都要好好在家待着。好好接受处罚，不准抗议。这两个小破孩儿，鬼知道为什么让我摊上了这档子事。"

弗洛伦西娅把毯子往上拉，直到把脸挡住，然后下决心以后再也不关床头灯了。她一点都不担心见不到罗茜奥：她手机还有很多余额，而且她知道，妈妈最终会松口的。现在她最担心的是睡觉。她害怕那些跑来跑去的男人、那辆汽车和那些车灯。他们是谁？要去哪儿？他们会不会哪一天还来找她？万一他们追到拉里奥哈怎么办？她的房门半开半闭着，看见走廊上走动的人影时，她开始冒汗，不过那只是她姐姐。

"发生了什么？"

"没什么，你走吧。"

"你尿裤子了，肯定有什么事。"

"让我一个人待着。"

拉莉撇了撇嘴，然后朝她笑了笑。

"你会说的，你没别的选择，整整一个星期你都得和我待在这该死的房子里。忘了你那亲爱的小伙伴吧。"

"你滚去上你的厕所吧。"

"你才需要去厕所。你最好告诉我，不然……"

"不然怎样？"

"不然的话，我就告诉妈妈你是同性恋。除了她全世界都知道。你和你的小伙伴亲嘴被他们逮住了，是不是？"

拉莉笑着，伸出一根手指，指了指弗洛伦西娅，然后关上了门。

1989

那个夏天，政府规定会先停六小时的电，再来六小时的电，如此循环往复。据说是因为国家能源短缺才这样做的，虽然我们也不太明白这意味着什么。现在客厅里只剩一盏夜灯照明了，大人一直说简直就像在露营。大人们还说，为了避免全面断电，让这最后一盏灯不致熄灭，公共工程部部长已经通知将采取必要手段。什么叫全面断电？是说我们以后要永远生活在黑暗中了吗？这种可能性简直令人难以置信，愚蠢而荒唐。真没用，我们想，那些大人真没用。母亲们在厨房里哭泣，因为她们没有钱，没有电，付不起房租，通货膨胀已经把她们的薪水吞噬得一干二净，剩下的钱只够买面包和廉价的肉。但是我们几个女孩并不难过，只觉得缺电是件极其荒唐而愚蠢的事情。

我们有辆车，是安德莉亚男朋友的。安德莉亚是我们几个里最漂亮的，她知道怎么把牛仔裤剪成漂亮的短裤，还用从她妈妈那里偷来的钱买镂空的针织衫穿。她男朋友的名字不重要，但是他有一辆小货车，工作日用来送货，到了周末就完全归我们用了。我们抽一种从巴拉圭带来的毒大麻，干品闻起来有一股尿和农药的味道，但是便宜而且劲道十足。我们三个一起抽，抽到疯疯癫癫的时候就爬上小货车的后车厢。车厢里没有窗户，没有一丁点儿光，因为这车是用来运鹰嘴豆和豌豆罐头的，不是用来拉人的。我们让安德莉亚的男朋友把车开得飞快，然后再急刹车，绕着进城的环形路转圈；我们让他在街的转角加速，让我们就像坐在驴背上那样一路颠着。他都一一照做了，因为他爱安德莉亚，并希望安德莉亚有一天也能同样爱他。

我们喊着叫着，一个摔在另一个的身上，这比坐过山车和喝酒要好玩得多。我们叉开腿瘫坐着，每一次撞到头都觉得要死了。有时当安德莉亚的男朋友遇到红灯不得不停下的时候，我们会在黑暗中摸索对方，看看每个人是不是都还活着。我们放声大笑，流着汗，有时还流着血，车厢内满是呕吐物和洋葱的味道，有时也有我们一起用的苹果洗发水的味道。我们很多东西都是一起用的：衣服、吹风机、脱毛蜡。大家都说我们几个很像，看起来很像。但这只是视觉上的假象，因为我们会互相模仿手势、表情和说话的方式。安德莉亚漂亮、高挑，她的腿很细，腿形修长；保拉的肤色太浅了，晒太阳的时间一长就会被晒红晒伤；而我没有扁平的小腹，走路的时候大腿内侧的赘肉还不停地摩擦，擦得又红又痛。

安德莉亚的男朋友每次都会在一小时以后让我们下车。有时是因为他玩够了，有时是因为怕遇到警察拦车，以为车里面困着三个被绑架的女孩。他有时把我们送到我们某个人的家门口，有时送到意大利广场——那种叫作"红点"的毒大麻，就是在那儿的手工集市上从摆摊的嬉皮士手里买来的。我们还会喝一种乌拉圭水果酒，那是一个嬉皮士在五升装的番茄罐头壳里做出来的。酒里的水果总是切得很大块，一方面是因为他懒，一方面是因为他总是喝得烂醉，切不好那些香蕉、橙子和苹果。有次还喝到一整只葡萄柚，我们中的一个女孩像咬圣诞节烤乳猪那样把它叼在嘴里，在摊位间跑来跑去。那时已经是晚上了，所有的摊位共用一个发电机，仅靠它来照明。

我们总是在摊位关门很久后才回家。那个夏天没有人注意到我们。断电并没有如政府承诺的那样如期结束，于是我们冒着酷热，在院子里和街边听着广播度过了此生最为漫长的一个个夜晚。日子一天天过去，收音机电池的电量也似乎消耗得越来越快了。

1990

总统在任期结束前就被赶下台了。新总统在大选中以压倒性的胜利上台，但谁都不喜欢他。总统卸任的消息在空气中散播，被心怀不满的人们和我们满腹牢骚的父母们添油加醋地口口相传。我们从来没有如此瞧不起他们。但是新总统承诺，提交申请后，电话不会像之前那样迟迟得不到安装：通信公司效率实在低下，一些邻居长年累月翘首等待安装电话，等到技术人员真正上门安装完毕时，他们简直不敢相信——那些技术员从来不会通知你什么时候上门。万幸的是，我们三个人家里都有电话，我们总是捧着电话聊天，直到父母们大喊大叫地把电话挂断。保拉在一个周日下午的电话聊天中提议，我们应该去布宜诺斯艾利斯玩，可以骗大人说晚上要去城里，实际上乘周六的大巴早早就走，在布宜诺斯艾利斯好好玩一个晚上，周日凌晨回到汽车站，早上就到家了。大人们肯定不会发现的。

他们也确实从未发现过。

我爱上了一个在玻利维亚酒吧工作的招待，他拒绝了我。"我喜欢四处流浪。"他说。"我才不在乎！"我喊着回答他，然后喝了将近一升杜松子酒，也不记得那晚有没有和别人睡在一起。我在回程的大巴上醒来，发现自己吐了一身。天已经亮了。回家之前我到安德莉亚家里洗了洗，她的家人从来不会过问。她爸爸总是喝得烂醉。不过安德莉亚的房间有锁，她可以把门锁上，以免他半夜进来。我们去她家的时候，总是待在厨房里，因为她爸爸除了拿放在酒里的冰块，一般不会进来。

在那个厨房里，我们曾发誓永远不交男朋友。我们用鲜血起誓，虽然只是浅浅地割破了点皮。因为又断电了，我们只能在黑暗中互相亲吻着起誓。我们一边起誓一边想着安德莉亚喝醉的父亲，想着如果他进来，看到我们流着血抱在一起会做何反应。他又高又壮，但走起路来总是东倒西歪，将他一把推倒应该轻而易举。安德莉亚不会去推他，她总是对男人心太软。我发誓永远不再爱上任何人，保拉也说她永远不会让男人碰。

有一天晚上，我们提前从布宜诺斯艾利斯回来。路上，有个坐在我们前排的女孩起身走到司机旁要求下车。司机惊讶地把车停下，告诉女孩那儿没有站。当时大巴正穿过佩雷亚拉公园，这里原来是一座面积超过一万公顷的庄园，后来被庇隆征用了。现在是一个生态保护区，一片阴森、潮湿的森林，几乎不见阳光，只有一条柏油马路从中横穿而过。女孩坚持要下车，很多乘客被吵醒了，一个男人说道："姑娘，这个时间你要去哪里？"那个女孩与我们年纪相仿，扎着一个马尾辫，她用仇恨的眼神狠狠瞪了那个人一眼，瞪得他马上闭嘴了。她瞪他的样子就像一个巫婆，一个杀人犯，好似她拥有某种邪恶力量。司机让她下了车，她向树丛间跑去，在大巴重新发动的时候消失在压低的云层中。一个女士大声反对："怎么能让她这么晚一个人走，这么晚什么事都有可能发生。"她和司机两个人一直吵到我们快到站为止。

我们永远也忘不了那个女孩和那个眼神。没有人能伤害到她，只可能是她伤害别人，这一点我们非常确定。她没有带包，在那个寒凉的秋夜身着夏装。我们去找过她一次。安德莉亚的男朋友，就是开小货车的那个，已经从我们的生命中消失了，但是另一个男孩，保拉的哥哥，当时已经开起了他父亲的车。我们不知道女孩下车的确切位置，但是我们知道离风车不远。公园里有一架装饰用的荷兰风车，下面是家巧克力店，用以招徕游客。我们在林间行走，发现了一条条小径，也看到了曾经庄园里的一栋房子。现在房子已经被修复，变成博物馆供人参观，也被用来办高端的婚礼。这个季节没有守林人看管，在松柏间，房子似乎屏住了呼吸，静谧空荡。

也许她是守林人的女儿，保拉的哥哥说。他载我们回家，笑我们是群以为自己见了鬼的傻孩子。

但我知道那个女孩不是任何人的女儿。

1991

中学毕业好像遥遥无期，我们开始把威士忌藏在书包里，偷偷带到学校厕所里喝，还偷我妈的抗抑郁药吃。我妈吃这个是因为她时不时会抑郁。吃了药我们都没什么特别的感觉，就是有时会做噩梦，还会累得在课堂上张着嘴打鼾。老师打电话给家长，大人们却觉得我们白天如此困倦，纯粹是晚上睡得太晚，睡眠不足。他们还是一如既往地愚蠢，尽管他们不再因为通货膨胀和缺钱而成天紧张兮兮了：政府通过了新的货币法令，规定一比索等值于一美元。虽然没人相信比索真的那么值钱，但耳朵里那一声声的"美元、美元、美元"，还是让那些大人们欣喜万分。

然而，我们还是跟从前一样贫穷。我家的房子是租的。保拉家的房子只盖了一半，老旧的房间互相连通。她的哥哥们都大了，她去厕所需要穿过他们的房间，有时会撞见他们自慰，恶心极了。安德莉亚家的公寓是她家自己的，但是他们从来没按时付过账单，经常不是被断电了就是电话被停机了。她妈妈只能找到护理老人的工作，她的酒鬼爸爸仍旧把钱花在烟和酒上。

我们却以为自己总还有可能变得有钱，反正那是将来的事嘛——直到我们认识了希梅纳。她是班上的新同学，从巴塔哥尼亚转学过来，父母的工作和石油有点关系。她邀请我们去她家玩的时候，我们东观西望，恨不得把一切都收进眼底，把每个角落都挨个儿拍下来。她家有座小桥，就在客厅里的一个小湖上，湖里种着浮萍、白莲和水草。没有一个房间铺着瓷砖，全都是实木地板，雪白的墙上还挂着画。后院有玫瑰花丛、游泳池，还有白色的石子路。这房子从外面看并没有那么漂亮，但是走进里面简直就是一座宫殿：各处细节、空气中洋溢的芬芳、彩色灯芯绒的座椅、没有抽丝的崭新地毯。我们马上厌恶起希梅纳来。她很丑，下巴上有条纵向的疤，在学校里我们都叫她"屁股脸"。我们成功说服她偷了她妈妈的钱——这对她来说真是太容易了！我们用这钱去买毒品，有的时候去药房买药——现在买药管控得非常严格，但是在那个年代，如果你告诉药剂师你的弟弟有自闭症，或者你的爸爸有精神病，即使没有处方他们也会把药卖给你。我们知道一些给疯子吃的药的名称，因为每当有人提起的时候我们就会记下来。有一次我们吃了一种蓝色的药片，可怜的希梅纳被害得不轻，竟然想一把火把她房间里精美的地板给烧了，还说房子里都是飘浮的眼睛。此后我们就没再吃过那种药。不过这倒没怎么吓到我们，因为前一年我们见识过，手工集市上的一个嬉皮士因为吃了太多毒蘑菇进了医院，他说有几厘米高的小人儿向他的脖子射箭。他想把脖子上那些假想的箭拔下来，于是一直狠命地抓，几乎把颈静脉都抓破了。后来他被送去了罗梅罗的精神病院，之后就没有了消息。他曾经想做保拉的男朋友，还称保拉为灵魂伴侣。保拉就从他身上偷点致幻剂，带到我们的生日聚会上吃。他没几颗牙齿，朋友们都叫他耶利米。

希梅纳被洗了胃，这事最后怪到了我们头上。我们并不在乎，只是可惜不能再从她那里弄到钱了。从那时起我们就开始仇恨富人了。

1992

所幸我们街上搬来个新邻居，罗莎娜。她十八岁，一个人住，她的家在路的尽头。我们几个当时瘦到就算大门锁了也可以从门的栏杆之间钻进去。罗莎娜家里从来没有吃的，橱柜里全是虫子的尸体，它们在里面连一点面包屑都找不到，都是被活活饿死的。

她的冰箱里孤零零地躺着一瓶可口可乐和几个鸡蛋。没有吃的挺好的，那时候我们都下定决心要尽量少吃，希望自己体态轻盈，面色苍白，像幽灵一样。我们说不想在雪地里留下脚印，虽然我们的城市从来不下雪。

有一次，我们在罗莎娜家厨房的烧水壶旁边——对了，她们家从来不缺马黛茶[1]——发现了一个像是巨大的白色灯泡的东西，就像占卜的神婆用来预知未来的那种水晶球。但那不是水晶球，是她一个朋友的可卡因。她觉得买家应该不会发现，想在卖掉之前给自己留点儿。

她让我们用剃须刀片从神奇的水晶球上刮点粉末下来，教我们把粉末放在陶瓷盘子上用打火机加热了再吸。这样就不会受潮，她解释道，不会黏在盘子上，能吸得更干净。水晶球简直太棒了，我们头脑中火光四射，而舌头却麻木得说不出话来，太刺激了。我们在桌子上吸，或者在罗莎娜房间的镜子上吸——她把镜子平放在中间，我们围坐在镜子周围，仿佛镜子是我们埋头饮水的湖泊，而背后油漆斑驳剥落的墙壁则是我们的森林。我们把可卡因用香烟的锡纸包起来，或者放在小塑料袋里，等出去玩的时候再吸。我

1.马黛茶由马黛树（学名巴拉圭冬青）的叶子制成，用马黛茶壶和过滤吸管饮用。

喜欢用钢笔笔杆吸；保拉有她自己的金属吸管；安德莉亚喜欢抽大麻，因为她受不了吸可卡因时那种心跳过速的感觉；罗莎娜则用卷起来的钞票吸，一边吸一边吹牛。她说她的表弟是在墨西哥探访纳斯卡线条[1]时失踪的。我们谁也没有打断她，告诉她纳斯卡线条在秘鲁。她说她去过一个游乐园，那里每扇门都通往一个不同的房间，可能有好几百个，要找到正确的那一间才能过关，这个游戏项目占地有好几英亩[2]。我们也没有告诉她，在一本童书里我们曾读到过类似的描述，那本书叫作《梦的博物馆》。她说佩雷亚拉公园里面有巫婆聚在一起作法，祭拜一个稻草人。听说有人在公园里作法，我们感到非常害怕，但我们没有告诉她，她描述的场景和某个周六下午我们在电视上看到的电影情节非常相似。那是一部很精彩的恐怖片，讲的是把小女孩们杀掉，让英格兰的一片土地重获丰饶的故事。

有时我们不吸可卡因，而是一边喝酒一边吃迷幻药。我们关上灯，在黑暗中点了熏香玩。那些香就像萤火虫，让我想哭。它们让我想起一幢带院子的瓦房，离城市很远，有一个池塘，池塘里蛤

1．一种巨型地面图案，位于秘鲁南部的纳斯卡荒原上，其用途及建造手法至今仍是一个谜。
2．1英亩约为4046.9平方米。

蟆在玩耍，树丛中有萤火虫在飞舞。

一天下午，我们在点香玩的时候放了张唱片，平克·弗洛伊德[1]的《乌马古马》。我们感觉房子里有东西在追逐我们，也许是一头公牛，也许是一只长着獠牙的野猪。我们跑着，互相碰撞着，互相伤害着。仿佛又回到了小货车里，只是这一次，是在噩梦中。

1993

中学的最后一年，安德莉亚认识了在一支朋克乐队做主唱的新男友。她变了。她脖子上戴着像极了狗项圈的项链，手臂上文了星星和骷髅图案，周五下午也不再和我们一起玩了。

我能看出来他们两个上过床。安德莉亚身上的气味不一样了，她看我们的时候经常带着轻蔑的笑。我叫她叛徒。我提醒她，学校里有个比我们大一点的女孩，叫赛利亚，在堕了四次胎后死了，是在去医院的路上失血过多而死的。那时候堕胎是违法的，那些

---

1. 平克·弗洛伊德（Pink Floyd），英国摇滚乐队，艺术摇滚和迷幻摇滚的代表性乐队。其专辑《乌马古马》（*Ummagumma*）发布于1969年。

女人在给女孩们做了手术后，会立刻把她们扔到马路上。诊所里有狗，据说狗会把胚胎都吃掉，这样就没有证据了。安德莉亚生气地看着我们说，死就死，无所谓。我们走了，留下她一个人在广场上哭。

我和保拉很生气，于是决定坐巴士去佩雷亚拉公园，再去找那个消失在树林里的女孩。要是安德莉亚不再做我们的朋友了，那个女孩有可能做我们的朋友吗？那时高速公路已经建成了，公园里来来往往都是那些最破旧的巴士。巴士的座位上有陈年的污渍，闻起来一股汽油和汗臭味，地板踩上去黏糊糊的，可能是打翻的汽水，也有可能是尿。傍晚时分，我们在公园那站下了车。那时还有一些人在玩，孩子们在草地上奔跑着，还有一些男孩在踢足球。真烦人，保拉说道。我们在一棵松树下坐下，等待夜晚的到来。一个守林人打着手电筒经过，问我们是不是马上要走了。

"是的。"我们说。

"下一班车半个小时后到，你们最好去马路边等着。"

"马上就过去。"我们说。我朝他笑了笑，保拉没有笑，因为她实在太瘦了，露出牙齿的时候就像一具骷髅。

"当心蝎子，"他说，"如果觉得被蜇了就大声叫，我能听到。"

我又朝他微笑了一下。

在那个异常炎热的九月，蝎子泛滥成灾。我想，或许我应该让蝎子蜇一下，就这样死掉，这样大家就能记得我们，就像记得赛利亚双腿间夹着那尚未成形的胚胎，淌着血死在马路上那样。我躺在草地上，想着蝎子的毒液。保拉在树丛间穿行，低声问着："你在那儿吗？"她听到树丛间有窸窣声，看到了一个白色的影子，于是跑来找我。"影子不是白色的。"我对她说。"那个影子就是白色的。"她确信无疑地说道。我们走啊走，一直走到筋疲力尽为止。不吃饭的坏处就是会没有力气，但还是值得的，除了在这个时候——在我们想找到我们的朋友，那个眼神中满含仇恨的女孩的时候。

我们最终还是没能找到她，也没有迷路。月色明亮，帮我们找到了通往马路的小径。保拉发现了一条白丝带，她觉得可能是消失在佩雷亚拉公园的那个女孩的。"也许这条丝带是她留给我们的信号。"她说。我才不信呢，我心想，肯定是哪个人在公园野餐时不小心掉的。但是我没有说出我的想法，因为她是如此深信不疑，捡到这个所谓的护身符让她十分开心，她深深地相信这一定是留给她的信号。我感觉到腿上一阵刺痛，但那并不是蝎子蜇的，也不是死亡来敲门，而是一株荨麻把我的腿刺灼得布满了小红斑。

1994

　　保拉在罗莎娜家办生日聚会。我们为这次聚会搞到了一种致幻剂,据说是刚从荷兰弄来的。他们把这种致幻剂叫作"小龙"。进口的效力会更强一些吗?谁都不知道。为了安全起见,大家这一次吃的量比平时要少很多,大概只有平时的四分之一。我们放了一张齐柏林飞艇[1]的唱片,因为我们知道安德莉亚的男朋友听了会不高兴,这也正是我们想要的——让他不高兴。他到的时候唱片马上就要放完了。我们听的还是黑胶唱片,虽然那时候已经有激光唱片了。那时电子产品都挺便宜的,电视机、音响、录像机、照相机都很便宜。大人们都说不会一直便宜下去,一比索不可能和一美元一样值钱。但是我们已经烦透了大人们说的那些话。不管是我的父母还是别人的父母,他们总是在预言大祸将至、劫数难逃,预言很快会再次停电,预言一切可悲的坏事。他们现在已经不再哭诉通货膨胀了,他们现在为没有工作而哭泣。他们哭诉着,好像自己一点错都没有。我们讨厌那些无知的人。

1.齐柏林飞艇(Led Zeppelin),英国摇滚乐队。其早期专辑以乐队名加编号的方式命名,如发布于1970年的《齐柏林飞艇3》。

安德莉亚和她的朋克男友到的时候，正好播放到专辑里最嬉皮的一首歌，唱的是去加利福尼亚找一个头发上插着花的姑娘。安德莉亚的男朋友一脸不屑地说，真无聊，真是老掉牙。保拉的哥哥总是很友好，给了他点儿致幻剂，但是没多给，就四分之一片的样子，因为他不想浪费在朋克男身上。保拉的哥哥说，致幻剂也是个很嬉皮的东西。朋克男说，对，但它是化学的，是人工合成的，他喜欢一切化学的东西，速溶果汁啊，药片啊，尼龙啊。

我们在罗莎娜房间里。镜子挂在墙上，她家里来了好多人，好些都是不认识的，聚众吸毒的房子里往往是这样。那些面孔在半梦半醒间交汇，他们从冰箱里拿啤酒，往马桶里呕吐。有时会有人偷走钥匙，也会有人在聚会快结束时故作大方地补充些饮料。致幻剂像在身体里释放着微弱的电流。我们的手指在颤抖，把手放到眼前，指甲仿佛是蓝色的。安德莉亚回到我们几个当中来了。当唱片放到《齐柏林飞艇3》的时候，她想跳舞，高声唱着"冰与雪的土地""众神之锤"。在放到《自从我爱上你》的时候，可能因为这是一首关于爱情的蓝调歌曲，她回过头去看自己的朋克男友。他坐在角落里，看上去怕得要死。他用食指指着什么，反反复复说着一些让人不知所云的话，音乐太吵了，谁都听不清。我觉得很好笑，他平日里嘴巴扬起、不屑一顾的姿态已经荡然无存。他摘掉了眼镜，瞳孔放得很大，眼睛几乎完全变成了黑色。

我慢慢地朝他走去，想要模仿佩雷亚拉公园那个女孩的仇恨眼神。电流让我的头发竖了起来，我感觉头发竖成了电线，或者说飘了起来，就像电视机刚刚关掉的时候，静电把头发吸到屏幕上那样。

"你害怕吗？"我问他。他用一个疑惑的眼神回应我。他挺帅的，所以安德莉亚才会抛弃我们。他挺帅，但是也挺蠢。我一只手抓住他的下巴，另一只手在他太阳穴旁边打了一拳。他的头发本来用发胶理得纹丝不乱，此时乱糟糟地搭在额头前。保拉笑着，把我们剪致幻剂盒子的剪刀从后面丢了过来。那个时候我才发现她头上系着树林间女孩的白丝带。纯粹是因为运气不佳，剪刀正好撞到了朋克男的眉毛上方，那是脸上出血最多的部位，这一点我们都知道，因为有一次小货车急刹的时候，我们撞破了额头。朋克男吓了一跳，看到血滴到他白衬衫上的时候更是吓得不轻。他肯定也看到了我们看到的情景，或者是在致幻剂的作用下扭曲了的情景：他的双手沾满了鲜血，墙壁上也沾上了血渍，而我们三个拿着刀围在他周围。他想跑出去，却找不到门。安德莉亚追在他后面想跟他说话，但他听不懂她在说什么。跑到院子里的时候，朋克男被一个盆栽绊了一下，不知是因为害怕，还是因为身体的抽搐，他躺在地上开始抖了起来。唱片已经放完，但房子里还是很吵，我们听到喊叫声和笑声，有人神志不清，还以为看到了蝎子——也可能房子里真的进了蝎子。

我们停了下来，围在朋克男的周围。他半闭着眼睛，一动不动地躺在地上，胸口全是血，看起来像个无足轻重的人。保拉把刀塞进牛仔裤口袋里，这是一把在面包上涂果酱用的小刀，小得跟玩具刀似的。"用不上了。"她说。

"他死了吗？"安德莉亚问，眼里闪烁着泪光。

有人在房子里播放起另一张唱片，此刻那里好像离我们很远。保拉从头上拿下了丝带，绑在手腕上。我和她回到房子里继续跳舞。我们在等安德莉亚丢下倒在地上的那个男孩，回到我们身边来，这样我们三个就能重新在一起，挥动蓝色的指甲，中毒般忘乎所以地在镜子前跳舞。那镜子里只有我们。

阿黛拉的家

我每天都会想起阿黛拉。如果白天没有想起她——她的雀斑，她黄色的牙齿，她光滑柔软的金发，她肩膀上的残肢和她羚羊皮的小靴子——晚上她也一定会在我梦中出现。有阿黛拉的梦每次都是不一样的，但无一例外都在下雨，我和我的哥哥也总是都在。我们两个穿着黄色雨衣，站在那栋废弃的房子前，看着警察和我们的父母在院子里低声说话。

　　我们和她交朋友，因为她是城郊的公主，住在一栋巨大的英式别墅里，享尽宠爱。那别墅和我们区里的其他房子是如此不同，仿佛是被硬生生安在了拉努斯市的这个平凡区域。它就像一座城堡，住在里面的人也派头十足。与他们相比，我们其他人就像奴仆一般，窝在水泥盖的正方形房子里，连院子都了无生机。我们和她交朋友，因为她有最好的进口玩具，都是她爸爸从美国带回来的。她还会在每年的一月三日举办最棒的生日派对，正好在三王节[1]前、新年后。派对在泳池旁举办，池中的水在午后阳光的照射下泛出银白色的光，就像是礼品包装纸做的。她家还有个投影仪。那时我们区的其他人家都还只有黑白电视机，她家却能用客厅的白墙放电影。

但我们——我和我的哥哥——与阿黛拉交朋友，主要还是因为她只有一条手臂。确切地说，她缺了一条手臂，左手手臂。幸好她不是左撇子。这条手臂从肩膀处断掉，只剩下一个可以动的小肉团和一点肌肉，根本派不上用场。阿黛拉的父母说她生下来就这样，这是先天缺陷。很多小孩对她的残肢感到害怕或者恶心。他们嘲笑她，叫她小怪物、丑八怪、畸形人，取笑说马戏团要雇她去表演，还说她的照片肯定被医学课本收录了。

她一点也不在乎，甚至都不想用义肢。她喜欢大家看她，从来不掩饰她的残肢。只要从别人脸上看到哪怕一丝厌恶的神情，她便会用残肢去蹭人家的脸，或者坐到人家身旁，用那无用的肢端去摩擦那人的手臂，直到对方感觉受到羞辱，快要流下眼泪为止。

我们的妈妈说阿黛拉的性格很独特，勇敢坚强，却又温柔甜美。妈妈总是说，她的父母把她教育得多好啊，真是一对好父母。

1.三王节即西班牙和部分拉美国家的儿童节，在每年的一月六日。

阿黛拉却说，她的父母在手臂的事情上撒谎了。她说，她并不是生下来就这样。那是怎么回事？我们问。她就会讲述她的版本，或者说，她的那些版本。有时她说，是他们家一条叫作"地狱"的杜宾犬咬伤了她。她说那狗疯了。她还说，这个品种的狗经常这样。它们的颅骨太小，放不下大脑，所以头经常会痛，就这样痛疯了；或者骨头压得太紧，把大脑挤坏，导致它们直接疯掉。那条狗是在她两岁的时候把她咬伤的，她说。她还记得那时的疼痛、那条狗的低吼声，还有它下颌骨咀嚼的声音，血染红了草地，和泳池的水混在一起。她的父亲一枪就把它给打死了，枪法精准，因为那狗中枪的时候，嘴里还叼着幼小的阿黛拉。

哥哥不相信这个版本。

"那么疤在哪里呢？"

她很不高兴。

"恢复得很好，现在已经看不出来了。"

"不可能的，肯定能看出来。"

"狗牙齿留下的伤疤已经看不到了，因为我的手臂从上面被截掉了。"

"不可能，肯定会留下疤的，疤痕不会就这么无缘无故地消失。"

哥哥还把自己腹股沟处阑尾炎手术留下的刀疤给她看。

"那是因为给你做手术的是赤脚医生。我可是到布宜诺斯艾利斯最好的医院去做的手术。"

"胡说八道。"哥哥说道。她开始哭起来。我哥哥是唯一一个可以让她生气的人,但是他们从未真正闹翻过。哥哥喜欢听她胡说八道,而她喜欢听他顶嘴。我只是在旁边听着,就这样度过每个放学后的下午。直到有一天,哥哥和阿黛拉发现了恐怖电影,这一切永远改变了。

我不知道第一部电影是什么,我被禁止看恐怖电影。妈妈说我还太小。我坚持说,阿黛拉和我一样大。妈妈说,她的父母让她看,那是他们的事,而我,说不准看就是不准看。跟我的妈妈没有任何商量的余地。

"那你为什么让巴布洛看?"

"因为他比你大。"

"因为他是男孩!"爸爸骄傲地插嘴说。

"我恨你们!"我喊道,然后在床上一直哭到睡着。

不过,巴布洛和阿黛拉出于同情总是会给我讲述电影里的情节,这我爸妈可管不了。讲完电影情节后,他们还给我讲更多其他故事。我永远忘不了那些午后：阿黛拉聚精会神地讲着故事，深色的眼睛里燃烧着火焰，房子的花园里到处是影子，影子们跑来跑去，笑着向我们打招呼。阿黛拉在客厅背对落地窗坐着的时候，我看到了那些影子。我没有告诉她，但她知道。我不确定哥哥是否知道，他比我俩都更懂得隐藏。

他懂得隐藏到最后一刻，直到他最后采取行动，直到我看到他残缺的躯体，他破碎的颅骨，以及——尤其是那条左臂，横陈在轨道中间，离它原本所属的身体那么远，也离火车那么远，远得就像和那次事故——那次自杀没有任何关系一样。我到现在仍觉得那是事故，不是自杀，看起来就像是有人把那条手臂带到了火车轨道中间，让它暴露在那里一样，像一个问候，像传递的某种信号。

事实上，我记不清哪些故事是电影片段，哪些是阿黛拉和巴布洛的杜撰。从我们走进那栋房子起，我再没敢看过一部恐怖电影。直到二十年后我对恐怖电影依然怀有恐惧，哪怕只是某天偶然或者不小心在电视上看到一个恐怖镜头，当天晚上我也必须吃安眠药才能入睡，并且接下来好几天都会感到头晕恶心，脑中满是独臂的阿黛拉目光沉静地坐在沙发上的样子，而哥哥正用爱慕的眼神看着她。很多故事我确实不记得了，只是隐约记得有一个关于被魔鬼附身的狗的故事——阿黛拉特别热衷于动物的故事。还有一个故事讲的是一个男人把自己的妻子肢解后，将尸体藏在冷冻柜里。被肢解的尸体晚上出来找他报仇，大腿、手臂、躯干和头颅在房子里四处翻滚、蠕动，直到一只复仇的手掐住凶手的脖子杀掉了他——阿黛拉也特别喜欢那些关于残肢断腿的故事。还有一个故事讲的是一个小男孩的鬼魂总是出现在生日照片上，他有着灰色的皮肤，咧嘴笑个不停，没有人认识这个可怖的不速之客。

我特别喜欢与废弃的房子相关的故事。我甚至知道这种痴迷是什么时候开始的——那都是因为我的妈妈。有一天下午放学后，我和哥哥陪她去超市。当我们经过一栋离超市有半个街区距离的废弃的房子时，她加快了脚步。我们问她为什么走得那么快，她笑了。我还记得她的笑声，记得在那个夏日的午后她是如此年轻，记得她头发上柠檬洗发水的香味，记得她薄荷口香糖味道的大笑。

"我太傻了！我怕这栋房子，你们别理我。"

她试图安慰我们，努力表现得像个成年人，像个母亲。

"为什么？"巴布洛问。

"没什么，因为这栋房子没人住。"

"然后呢？"

"宝贝，没什么。"

"快告诉我吧！"

"我怕有人躲在房子里，小偷或者其他什么人。"

哥哥想要继续问下去，但是妈妈没什么可告诉他的了。在我父母搬到这个区之前，在巴布洛出生之前，这幢房子就已经被弃置了。妈妈只知道，在他们搬到这里几个月之前，住在这幢房子里的一对老夫妇死了。"他们两个是一起死的吗？"巴布洛想知道。"孩子，你的心理真不健康，不能再看那些电影了。不是的，他们是接连死去的。那些年迈的夫妻有时是这样的，一个过世了，另一个不久也会走。从那时候起，他们的子女们就一直在争夺遗产。""什么是遗产？"我问。"就是继承的财产，"妈妈说，"他们在抢这栋房子。""但是这房子烂死了。"巴布洛说。妈妈责备他不该带脏字。

"哪个脏字？"

"你自己知道得很清楚，我不重复了。"

"'烂'又不是什么脏字。"

"够了，巴布洛。"

"好吧。不过这房子一副快塌了的样子。"

"我怎么知道，他们可能是想要那块地吧。那是他们的家事。"

"我觉得这房子闹鬼。"

"那些电影真把你害得不轻！"

我还以为妈妈会从此禁止哥哥看恐怖电影，但是她再没提起过那个话题。第二天，哥哥给阿黛拉讲了那栋房子的事，她激动得不得了——一幢闹鬼的房子就在我们住的区，就在附近，离家不到两个街区，简直是太幸福了。她说："我们去看看吧。"我们三个便飞奔出去，尖叫着走下别墅里漂亮的木头楼梯（楼梯上铺着地毯，一侧是绿、黄、红相间的彩色玻璃窗）。阿黛拉比我们跑得慢，因为手臂的关系，她略略侧着身子，但还是挺快的。那个下午她穿着白色的背带裙。我还记得，在她奔跑的时候，左边的背带滑到了她的断肢上，她想也不想就把它拉了上去，就像把一绺落在脸上的头发拨开那样。

那栋房子一眼看去并没有什么特别之处，但若是仔细观察，就会发现一些让人不安的细节。房子的窗户都是封着的，用砖给砌死了。那是为了防止有人进去还是怕有东西出来？大铁门被刷成了深褐色。"就像干掉的血一样。"阿黛拉说。

"你说得太夸张了。"我壮起胆子说了一句。她没回话，只是朝我笑了笑。她的牙是黄色的。我从不反感她的手臂，或者说她断了的手臂，但是她的牙确实让我觉得挺恶心的。她可能不刷牙吧，我想；而且她的脸色过于苍白，近乎透明的皮肤使这种病态的黄色更加凸显，就像在艺伎的面孔上一样。她走进了房前的院子里，院子很小。她停在通往正门的小径上，转身说道：

"你们发现了吗？"

她并不期望我们回答。

"好奇怪啊，草怎么会这么短？"

哥哥跟着她走进院子，也停在了人行道和正门之间铺了瓷砖的小径上，好像害怕似的。

"真的哎，"他说，"照理来说草应该长得很长。你看，克拉拉，快过来。"

我走了进去，穿过生锈的大铁门时觉得非常可怕。我十分确切地记得那一刻害怕的感觉，跟后面发生的事没有任何关系。院子里很冷，草坪看起来像被火烧过，一片荒芜。草又黄又短，没有一棵绿色的杂草，也没有一株其他植物，院子里似乎正经历着地狱般的干旱和寒冬。房子嗡嗡作响，就像一只肥胖的蚊子在发出沙哑的嗡嗡声。房子在颤动。我没有飞奔着逃跑，因为我不想哥哥和阿黛拉笑我，但是我好想跑回家，跑到妈妈那里告诉她——是的，她说得有道理，那栋房子有问题，里面躲的不是小偷，而是一个颤抖的东西，一个不应该出来的东西。

阿黛拉和巴布洛现在张口闭口都是那栋房子，再无其他。他们在区里四处打听关于房子的事情，在小卖部问，在俱乐部也问。坐在门前等待日落的胡士多先生、杂货店的加利西亚人、卖菜的女人，都被一一问过了。没有人给出什么重要信息，但是有好几个人说封起来的窗户挺奇怪的，那座干枯的院子也让他们感到不寒而栗或者悲伤，有时候甚至让人害怕，尤其是在夜里。很多人记得那对老夫妇：他们是俄罗斯或者立陶宛人，非常友善，不爱说话。那他们的子女呢？有人说他们在争遗产，有人说他们从来不来看望父母，哪怕老两口生病了也不来。没人见过他们，从来没有。即使那些子女真的存在，也是一个谜。

"封窗户时他们总有一个要来吧？"哥哥问胡士多先生。

"照理来说是这样。但是窗户是泥瓦匠封的，不是老人的子女。"

"也许泥瓦匠就是他们的儿子。"

"肯定不是。泥瓦匠一个个壮硕黝黑，而那对老夫妇肤色白得近乎透明。就像你，阿黛拉，像你妈妈那样。他们应该是波兰人，就那一片的。"

到房子里一探究竟是哥哥的主意。他先向我提议，我说他疯了。他着魔了似的想进去。他想知道房子里发生过什么，房子里有什么。他对那栋房子展现出的狂热在一个十一岁的孩子身上是很少见的。我不明白，我一直不明白那栋房子对他做了什么，为什么会如此吸引他。那房子先勾住了他的魂，然后他又把这份狂热传染给了阿黛拉。

他们总是坐在干枯的院子里，在那条黄色和粉色地砖铺就的小径上。生锈的大铁门永远都开着，敞开怀抱欢迎他们。我总是陪他们过去，但是每次都待在外面，待在人行道上。他们总是看着房子的正门，好像能用意念打开它似的。他们一坐就是好几个小时，就这么静静地坐着。那些从人行道上经过的邻居从来不会注意到他们，可能是觉得没什么奇怪的，或者压根就没看见他们。我什么也没敢跟妈妈说。

或者说，是房子不让我说——房子不想我去救他们。

我们依然会在阿黛拉家的客厅聚会，但是现在已经不谈电影了。现在巴布洛和阿黛拉，尤其是阿黛拉，一直在讲房子的故事。有一天下午我问他们，故事都是从哪儿来的。他们好像很惊讶的样子，看了对方一眼。

"房子自己告诉我们的。你听不见吗？"

"真可怜，"巴布洛说，"她听不见房子的声音。"

"没关系，"阿黛拉说，"我们讲给你听。"

于是他们给我讲了房子的故事。

他们给我讲那个老妇人的故事——她的眼睛没有瞳孔，但她看得见。

他们给我讲那个老爷爷的故事——他在里院空着的鸡舍旁边烧了些医学书。

他们给我讲里院的故事——里院和屋前的花园一样干枯死寂，到处都是老鼠洞一样的小洞。

他们告诉我，有一个水龙头在不停滴水，因为住在房子里的东西需要喝水。

巴布洛费了点劲才说服阿黛拉走进房子里。这倒是挺奇怪的。现在竟好像是阿黛拉在害怕：他们的角色对调了。在关键时刻，她好像更加清楚进去后会怎样。但哥哥坚持要进去。他抓住她唯一的手臂，甚至来回摇了摇。在学校里大家都说巴布洛和阿黛拉是一对，男孩子们把手指伸进嘴里，一直伸到喉咙，做出要呕吐的样子。"你的哥哥在和怪物约会。"他们笑着说。巴布洛和阿黛拉完全无所谓，我也毫不在意。我只担心那栋房子的事。

他们决定在夏天的最后一天进去。这是阿黛拉的原话，是一天下午我们在她家客厅争论后的结果。

"夏天的最后一天，巴布洛，"她说，"一个星期后。"

他们想让我陪着一起去，我同意了，因为我不想抛下他们。不能让他们两个人摸黑进去。

我们决定晚上吃过晚饭后再行动。得偷偷跑出去，但是在夏天的晚上出门并不是一件难事。那时这个区的孩子们可以在马路上玩到很晚，但现在已经不是这样了。现在这里是一个贫穷危险的地方，邻居们都不出门了，他们害怕被抢，怕那些在街角喝酒的小年轻，怕随时可能会发生的枪战。阿黛拉家的别墅被卖掉，分成了好几套公寓，花园里搭了一个棚子。我觉得这样挺好的，棚子能遮住那些影子。

一群女孩子在街上跳皮筋，来车的时候她们就停下来让车通过，不过马路上很少有车。再远一点的地方，有些孩子在踢球。在最新的柏油马路上，路面比较平整，一些年轻人在那里溜冰。我们就从这些人中间无声无息地穿过。

阿黛拉在死寂的院子里等着。她很平静，好似受到神启。我现在觉得，她是连通到了另一个世界。她的手指向正门，我害怕得忍不住叫了一声。门是半掩着的，开了一条缝。

"怎么回事？"巴布洛问道。

"我来的时候就这样了。"

哥哥放下背包并打开。他带了扳手、螺丝刀和铁锹。这些都是爸爸的工具,哥哥从洗衣间的一个箱子里找到的。他不需要这些工具来开门了,于是就开始找手电筒。

"不需要手电筒。"阿黛拉说。

我们迷惑地看着她。她把门完全打开,我们这才看见房子里面有亮光。

我记得我们在这亮光下手拉着手前进。那光好像是电灯发出的,但是天花板上本应有灯的地方却只有老旧的电线,像干枯的树枝一样从天花板的洞眼中探出来。又像是阳光。但是外面黑黢黢的,而且好像快要下雨了,一场夏天的暴风雨。房子里面很冷,闻起来有一股消毒水的气味,经那光一照,就像置身医院。

房子里面没什么奇怪的。小门厅里放着电话桌,电话机是黑色的,和我爷爷奶奶家的那种一样。

千万别响啊,千万别响——我还记得我这样祈祷着,闭上眼睛一遍又一遍地低声念着。它真的没响。

我们三个一起走进了里面的厅。房子比从外面看起来要大,里面嗡嗡作响,仿佛墙漆后面藏着小虫子的巢穴。

阿黛拉激动地向前走去,一点也不害怕。巴布洛每走几步都要说:"等等,慢点。"她在听我们说话,但我不知道她到底有没有听清楚。她转过来看我们的时候眼神空洞,像迷失了一样。她说着"好的，好的"，但我觉得她并不是在和我们说话。巴布洛后来告诉我，他也是这么觉得的。

再往里走是客厅，有几张黄绿色的扶手椅，脏脏的，上面覆盖了一层灰色的尘土。墙上有一排玻璃柜，柜子很干净，里面摆满了小装饰品，小到我们必须走近才能看清楚。我记得我们的呼吸在底层的玻璃柜上留下了雾气，柜子高耸至天花板，我们只够得到最下面那几层。

刚开始我不知道眼前是什么东西，它们非常小，白中带点黄，呈半弧形，有的比较圆，有的则更尖利。我不想碰它们。

"是指甲。"巴布洛说。

那嗡嗡声快把我的耳朵震聋了，我哭了起来。我抱住巴布洛，却没有闭上眼睛。再往上一层的柜子里摆着牙齿。白齿的中间填着黑色金属，就像爸爸补过的牙齿一样；门牙歪歪扭扭的，和做牙齿矫正的时候最让我头疼的门牙一样；大板牙和学校里坐在我前面的罗莎娜的板牙一样。就在我抬起头想看看柜子第三层有什么时，光灭了。

阿黛拉在黑暗中大叫起来。我只能听到自己的心跳声，十分剧烈，耳朵像要聋了似的。但是我能感觉到哥哥抱着我的肩膀，并没有松开我。突然，我看见墙上出现了圆形的光束：是手电筒。我说："我们出去吧，我们出去吧。"但是巴布洛却往与出口相反的方向走去，继续进到房子里面。我紧跟着他。我想离开，但又不想一个人走。

手电筒的光照亮了一些莫名其妙的东西。地上一本打开的、书页发着光的医学书，天花板下方挂着的一面镜子——谁能在那里照镜子？还有一堆白衣服。巴布洛停住了脚步：他把手电筒照来照去，却照不到另一面墙。那个房间没有尽头，或者房间实在太大，手电筒的光根本照不到它的边界。

"我们走吧，走吧。"我又说。我记得我还想过要一个人走掉，不管他，自己逃走。

"阿黛拉！"巴布洛喊道。

在黑暗中我们听不见她在哪里。她会在哪儿呢？在这个永无止境的房间的什么地方呢？

"这儿。"

那是她的声音，非常轻，就在近旁。她在我们身后。我们往回走，巴布洛用手电筒照向声音传过来的地方，我们看见了她。

阿黛拉没有离开柜子所在的那个房间。她站在一扇门边，抬起右手向我们招手，然后转身打开了她旁边的门，进去后就把它关上了。哥哥跑了过去，但是跑到那里的时候门已经打不开了。门被锁上了。

我知道巴布洛在想什么：去找他放在外面背包里的那些工具，打开那扇带走阿黛拉的门。我倒没想着救阿黛拉，我只想出去，所以跟着哥哥跑了起来。外面下着雨，工具散落在院子里干枯的草坪上，湿漉漉的，在夜色中闪耀着光芒。有人把工具从背包里拿了出来。我们害怕而震惊地呆立了一会儿，就在那个时候，有人把正门从里面锁上了。

房子不再发出嗡嗡声了。

巴布洛想要打开正门，我不记得他努力了多久，但是最后他终于听见了我的喊叫，他听了我的话。

我们的父母报了警。

每天，几乎每一个晚上，我都会想起那个雨夜。我们的父母、阿黛拉的父母、警察，都在院子里。我们俩穿着黄色雨衣，浑身被雨淋得湿漉漉的。警察们从房子里出来，摇摇头。阿黛拉的母亲晕倒在雨中。

他们一直没找到阿黛拉。活不见人，死不见尸。警察问我们房子里面什么样，我们如实回答，一遍又一遍地重复。当我说到柜子和亮光的时候，妈妈扇了我一个耳光。"房子里面只有砖块和瓦砾，你再给我撒谎！"她喊道。阿黛拉的妈妈哭求着："求你们了，阿黛拉在哪里？她在哪里？"

在房子里，我们说，她打开了房子里的一扇门，走进了一个房间，应该还在那儿。

警察说房子里一扇门都没有，也没有任何一个可以当作房间的地方。这房子只剩一个空壳，他们说，所有的内墙都已经被推倒了。

我记得他们说的是"面具"，不是"空壳"。"这房子是一个面具。"我听他们说。

他们认为我们在撒谎，要么就是看到了什么东西，被吓坏了。他们甚至不相信我们进过那栋房子。妈妈从来没有相信过我们说的那些话，即使在警察把整个区都翻遍，把每栋房子都翻了个底朝天后，她依然不相信。这件事上了电视，他们让我们看了电视新闻，还让我们看杂志上关于这次失踪事件的报道。阿黛拉的母亲来了好几次，每次都说："看看你们会不会说真话，孩子们，看看你们记不记得……"

我们就从头再讲一遍。她每次都哭着离开。哥哥也哭。"是我说服她的，是我让她进去的。"他说。

一天晚上，爸爸醒来，听见有人在试图开门。他还以为是窃贼，于是从床上起来，蹑手蹑脚地走下楼。他看到巴布洛正拿着钥匙一遍又一遍地试着开锁——那道锁一直都很难开。他的背包里装着工具和一把手电筒。我听到他们两个大喊大叫了好几个小时，我记得哥哥求着说要搬家，说如果不搬家的话他会疯的。

我们搬了家。但哥哥还是疯了。他在二十二岁的时候自杀了，我去辨认了他支离破碎的尸体。我没有其他选择：当他跳到火车下面去时，我们的父母在海边度假。他自杀的地方离家很远，在贝卡尔站附近。他没有留下遗书。他总是梦见阿黛拉。在梦里，阿黛拉没有指甲，也没有牙齿，她的嘴巴里流出血来，手上也都是血。

巴布洛死后，我再次去了房子那里。我走进仍旧枯黄的院子，透过窗户往里面看。警察拆掉了十五年前用来封窗子的砖块，窗子于是就这么开着了，就像一只只睁开的黑眼睛。阳光明媚的时候，可以看见房子里的房梁、坑坑洞洞的天花板和一些垃圾。这个区的孩子知道房子里发生了什么，他们用喷漆在地上和外墙上写下阿黛拉的名字。"阿黛拉在哪里？"一处涂鸦这么写着。另一处涂鸦字小一点，是用记号笔模仿"作法"的惯常套路写的一个"法术"：要在半夜手拿一根蜡烛，对着镜子说三声"阿黛拉"，这样就可以看见她当时看到的东西，就能知道谁把她带走了。

哥哥也曾来过这里，他看到了这段话，于是在一个夜晚照着这个仪式做了一遍。他什么也没看到。他一拳打碎了浴室的镜子，我们不得不把他送到医院缝针。

我没敢进去。门上有一行字让我止步不前，它写着："这里住着阿黛拉，当心！"应该是这个区的哪个孩子写的，是开玩笑或者吓唬人用的。但是我知道他说得对。这是她的家。我还没做好拜访她的准备。

小巴勃罗钉了一颗小钉子：
关于大耳小矮子的一段回忆

那个人第一次现身是晚上九点半，在旅行团的大巴车上，那天晚上恰好是他带团讲解。那是在故事停顿的一个当口，大巴车正从"分尸者"埃米丽娅·巴西尔曾经营过的餐馆开往"下毒者"伊雅·穆来诺居住过的大楼。在他所在的公司推出的所有布宜诺斯艾利斯旅行线路中，犯罪线路是最为成功的一条。这条线路一周有四次活动：两次坐大巴，另外两次步行；两次英语解说，另外两次用西班牙语。巴勃罗知道公司把他派到犯罪线路做导游，其实是给他升职了，尽管工资并没变（他知道，只要他好好工作，迟早有一天这个数字会上升的）。这个调动令他非常开心：之前他是"五月大道新艺术运动风格建筑"线路的导游，那条线路也挺有意思，不过一段时间后他就觉得厌倦了。

　　他仔细研究过这条线路上的十桩罪案，希望能够把它们讲得妙趣横生并且悬念重重，在这一过程中他从未感到害怕，也没觉得有什么让他记忆深刻。所以，相比于恐惧，看见那个人时巴勃罗更多感到的是惊讶。就是他，肯定不会弄错。一双湿润的大眼睛里仿佛满满都是温柔，不过现实中，那却是两口痴傻的黑暗之井。他身着深色背心，身材矮小，双肩羸弱，手里拿的是那根细麻绳——当时人们管那叫细绳——他曾经面无表情地向警察展示他如何用这根细麻绳绑住并勒死受害人的。卡耶塔诺·桑托斯·戈迪诺有双可爱的尖形大耳，外号大耳小矮子，是这趟旅行线路上最有名的犯人，也可能是阿根廷警方卷宗里最出名的犯人。一个专门杀害儿童和小动物的杀手，一个不会认字、不会加法、不会区分星期几，却会在床底放一个塞满死鸟的盒子的杀人犯。

不过他不可能出现在巴勃罗看见他的地方。大耳小矮子早在1944年就死在乌斯怀亚的一座监狱里了，在世界的尽头，火地岛。而现在是2014年的春天，他如一个幽灵乘客般出现在一辆途经自己杀人现场的大巴车上，他是想做什么呢？因为那的确就是他，不可能认错，这个幽灵和那个年代流传下来的许多照片上的那个人一模一样。此外，大巴车上的灯都开着，明亮的灯光足以让巴勃罗把他打量清楚。他差不多是站在过道的尽头，拿着他的细麻绳，敏锐却又略带些冷漠地看着导游巴勃罗。

巴勃罗讲述小矮子的故事已经有些日子了。他从两周前开始做这个，而且很喜欢。大耳小矮子曾经埋伏在一个时光如此久远、一切如此不同的布宜诺斯艾利斯，所以想仅凭其模样就想象出所有的一切实属不易。然而巴勃罗一定感到印象十分深刻，因为小矮子刚刚出现了，除了他谁也没看见——游客们一副兴致勃勃的样子，他们的目光在那个人身上扫了扫却并没有为此停留。巴勃罗晃了晃脑袋，用力闭紧双眼，等他再睁开时，那个拿着细麻绳的杀人犯已经消失了。我这是疯了吗？他想，随后他自我安慰地得出结论，小矮子之所以会出现在他面前可能是因为他刚刚有了儿子，而儿童恰好是戈迪诺唯一的受害者，尤其是幼童。巴勃罗在旅途中解释过小矮子这种暴虐倾向的来源：据当时的法医称，戈迪诺夫妇的第一个儿子，也就是小矮子的哥哥十个月大的时候就在意大利卡拉布里亚夭折了，之后他们全家移民到了阿根廷。自此这个未及长大的婴儿便一直纠缠着他，在多起犯罪中——以及更多起未遂的犯罪中——他模拟了葬礼的仪式。被捕后，他对那些审问他的专家说："没有人能死而复生，我的小哥哥永远不会回来了。他只能在地下腐烂。"

　　巴勃罗在旅途的一个站点简述了小矮子的第一次模拟葬礼：在洛里亚街和圣卡洛斯街的交汇处，小矮子袭击了十八个月大的安娜·内里，那是他在李尼尔斯街上一栋居民楼里的邻居家的孩子。现在那栋楼已经不在了，但那块地方变成了旅游线路上的一个站点，并附有一个简短的介绍，向游客们描述那些刚从贫穷的欧洲逃来的移民所处的生活环境：他们挤在潮湿、肮脏、嘈杂、人员混杂、通风极差的出租房里。那是小矮子犯罪的理想场所，因为那儿恶劣而杂乱的环境最终驱使孩子们走上了街头：在那种房间里生活简直太遭罪，于是人们经常在人行道上溜达，孩子们则在路边奔跑嬉闹。

安娜·内里。小矮子把她带到一片荒地，用一块石头砸她，待小女孩失去了意识，他便试图把她埋起来。这一幕恰好被一个正在巡视的警察发现，于是小矮子迅速编了个借口，说这个孩子刚刚被另外一个人袭击了，他是在帮助她。警察相信了他，可能是因为大耳小矮子也是个孩子——那年他才九岁。

安娜遭遇这次袭击后，过了六个月才康复。

这不是他唯一一次在袭击中模拟葬礼：1908年9月，在他辍学后不久——辍学前他开始出现明显的癫痫症状，但抽搐的原因尚不明确——他把塞维里诺·冈萨雷斯带到圣心学校对面的一片荒地上。那里有个小马圈。小矮子把男孩扔进牲畜的饮水池，想用一块木盖板把他遮住。这是一次更加精巧的模拟，再现了棺材的模样。这一次犯罪又被路过的警察打断了，小矮子也再次撒谎，说实际上他是在帮助这个小男孩。但那个月，小矮子不肯就此收手。九月十五号，他袭击了一个二十个月大的幼儿，胡利奥·博托。小矮子在科隆布雷斯632号博托的家门前发现了他，用手中的一支烟烫伤了那孩子一侧的眼皮。两个月后，小矮子的父母再也受不了他的存在和他的行为，亲自把他交给了警察。十二月，他最终被送到了马科斯巴斯的少管所。在那儿他学会了一点拼写，不过他最突出的表现就是趁厨师们不注意，把猫和短靴扔到厨房滚烫的锅里。小矮子在马科斯巴斯的少管所待了三年。他出来时杀人的欲望前所未有地强烈，很快他梦寐以求的第一起谋杀案便得逞了。

在讲述小矮子的故事时，巴勃罗总是会以他被警察逮捕后接受审问的那一段结束。游客们似乎对此都大为震惊。为了让效果更逼真，他会把审讯的内容念出来。小矮子出现在大巴车上的那个晚上，巴勃罗在开始重复他的套话之前感到有些不适，但还是决定像往常一样说下去。小矮子只是看了看他，然后继续把玩那根细麻绳：他没有吓唬他。

"您对自己犯过的罪行不感到内疚吗？"

"我不明白诸位的问题。"

"您不知道什么是内疚吗？"

"不知道，先生们。"

"您会因为希奥塔诺、劳罗拉和万尼科夫这几个孩子的死亡而感到悲伤或痛心吗？"

"不，先生们。"

"您认为您有权杀死孩子们吗？"

"我不是唯一一个，别人也这么做。"

"您为什么要杀死那些孩子？"

"因为我喜欢。"

最后一个回答引起了游客们的公愤，于是他切换到另外一个罪犯的故事，换到动机更能被普通人理解的伊雅·穆来诺。伊雅·穆来诺毒死了自己最好的几个朋友，因为他们欠她钱，她杀人是有目的的，容易理解。相反，小矮子则让所有人都感到不适。

那天晚上到家时，巴勃罗没有告诉妻子他看见了小矮子的鬼魂。他也没和同事们说，但这很正常：他不想在工作中惹麻烦。然而，不能把幽灵这件事情和妻子说却让他觉得很苦恼。若是放在两年前，他可能已经向她和盘托出了。两年前，他们俩还能无所畏惧、毫无嫌隙地坦白任何一件事情。但自打孩子出生后，很多事情都变了，这只是众多改变中的一个。

他叫华金，六个月大了，但巴勃罗还是继续管他叫"小婴儿"。他喜欢这个孩子——至少巴勃罗自己是这么认为的——但小婴儿对他却不怎么亲近，还是牢牢地黏着他妈妈，而且她也并不帮忙，一点忙也不帮。她像完全变了个人，变得胆小、多疑、神经质。有时候巴勃罗暗暗想，她是不是患上了产后抑郁症。有时他会忍不住生闷气，怀念起孩子出生前的那几年，那怀旧中夹杂着一丝——其实是许多——怒火。

现在一切都不同了。比如，她都不听他说话了。她会假装在听，微笑、点头，心里却想着给小婴儿买南瓜和胡萝卜，或是想着小婴儿胯部皮肤发红可能是纸尿裤引起的或者是某种发疹性疾病。她既不想听他说话也不想和他做爱，因为她做完会阴切开手术后刀口还没愈合，她一直觉得疼。最过分的是，她甚至让小婴儿和他俩一起睡在双人床上。小婴儿的房间早已备好，但她却不敢让他一人睡，怕会有"婴儿猝死综合征"。巴勃罗曾不得不连续好几个小时听她谈这种白色死亡，并试图安抚她的焦虑情绪，结果一切都是徒劳。她从前无所畏惧，曾陪他一起登山，睡在四周飘着雪花的营地里；也曾和他一起吃蘑菇，结果整个周末都处在幻觉中。这样一个女人，现在却在为还没到来并且极有可能永远都不会到来的死亡而痛哭。

巴勃罗已经想不起自己当初为什么觉得生孩子是个好主意了。

她不再谈论任何其他事情。他们曾经会聊邻居、电影、家族丑闻、工作、政治、食物和旅行。现在她却只聊那个小婴儿，如果是别的话题，她会假装在听。唯一能刻在她脑海中，让她从困倦中清醒的，似乎就是大耳小矮子的名字。仿佛那个白痴杀人犯的双眼在注视着她，令她的大脑瞬间清醒；仿佛她认得那些拿着绳子的细瘦手指。她说巴勃罗对小矮子着魔了。他自己却不觉得。其实是布宜诺斯艾利斯犯罪线路上的其他杀人犯都太无趣了。这个城市没有什么臭名昭著的杀人犯，独裁者们除外，但出于政治考量，他们并没有被纳入旅游线路中。巴勃罗讲述的杀人犯中有些犯下过骇人听闻的罪行，但对于任何一份病理性暴力记录来说都再寻常不过。小矮子则不同。他异于常人。他杀人纯粹是出于欲望，没有别的动机。他似乎是一种隐喻，是高傲的百年阿根廷的阴暗面，是即将到来的厄运的一个先兆，宣告这个国家远非只有宫殿和庄园，给了阿根廷那些满脑子地方主义的精英阶层一记响亮的耳光——他们相信从富丽堂皇、人人向往的欧洲来的都是好东西。最不可思议的是小矮子压根没意识到这些。他只是喜欢袭击孩童、喜欢纵火——他也是个纵火狂；他喜欢看着火焰，观察消防员如何扑火，"尤其是，当他们坠入火海的时候。"他曾经向一个审讯员这样说道。

有关纵火的故事惹怒了巴勃罗的妻子。她从桌边站起来，朝他大喊：以后再也不要提那个小矮子了，无论如何，都不要再提了。她一边对他大吼一边抱紧小婴儿，仿佛怕小矮子会出现，袭击孩子。随后，她把自己锁在房间里，留他一个人吃饭。他暗想，让她见鬼去吧。故事确实很有冲击力，非常残忍，但也不至于引起这么大的风波，他是这么觉得的。事情发生在1912年3月7号。雷娜·博尼塔·万尼科夫，一个五岁的小女孩，拉脱维亚犹太移民的女儿，正在一家鞋店的玻璃橱窗前驻足观看，鞋店离她位于河间大道的家很近。小女孩一袭白纱裙。小矮子趁她凝神看鞋之际靠上前去，手里拿着一根点燃的火柴。他用火苗点着了女孩的裙子。女孩的爷爷在人行道对面看见孙女被一片火焰包裹。他绝望地跑过去，但没能赶到小女孩身边：他发疯一样跑着，没注意到过往的车辆，结果被一辆汽车轧死了。在那个交通工具都慢速行驶的年代，这是件很奇怪的事情。

雷娜·博尼塔也死了，不过在死前她经历了十六天痛苦的垂死挣扎。

可怜的雷娜·博尼塔一案并不是巴勃罗最喜欢的犯罪。他喜欢——这就是他的原话，有什么办法呢——三岁的赫苏阿尔多·希奥塔诺那个案子。无疑，这也是最令游客们害怕的一起案件，可能他喜欢的就是这一点：讲述犯罪细节，然后等着听众们无一例外地做出一脸惊恐的反应，让他觉得很快乐。也正是在这起案件中，小矮子被逮捕了，因为他犯了个致命的错误。

小矮子按照以往的习惯把赫苏阿尔多带到一片荒地，然后用绳子在他脖子上绕了十三圈，想把他绞死。男孩奋力反抗，不停哭喊和尖叫。小矮子向警察招供说，他试着让男孩安静下来，以免像之前那样再被打断："我用牙齿咬住他嘴巴附近，然后晃动他，像狗撕咬猫那样。"这画面让很多游客都感到不适，他们在座位上扭动身子，小声说："上帝呀。"然而，他们却从不会要他停止讲述。把赫苏阿尔多绞死后，小矮子用一块薄板把他盖起来就到街上去了。但有什么在折磨他，他不断琢磨着脑海中燃起的一个念头。于是没过一会儿，他又回到了犯罪现场，带着一颗钉子。他把钉子钉到了已经死去的小男孩的脑袋里。

第二天，他犯了个致命的错误。谁知道是为什么呢，他参加了那个小男孩的守灵仪式。他后来说，他是想看看那根钉子是否还在小男孩的脑袋里——在小男孩的爸爸提起控告后，警方把他带去观看尸体解剖时，他如实交代了这个愿望。小矮子看见尸体后，做出了一个非常怪异的举动：他捂住鼻子开始吐口水，似乎是觉得很恶心，但尸体还没到腐烂的程度。出于当时案件卷宗未加以说明的某种原因，法医让他赤裸着身体。小矮子勃起了，长度有十八厘米，而他才刚满十六岁。

　　这个故事巴勃罗不能和妻子说。一次，他想告诉她游客们对小矮子最后一起案件的反应，但他还没开口就意识到她并没有在听。她在抱怨，说等小婴儿长大了，得搬去一栋更大的房子里。她不想让儿子在公寓里长大。她想要院子、游泳池、游戏室，而且要在一个安宁的区，这样孩子可以上街玩耍。她清楚地知道以布宜诺斯艾利斯的人口密度和面积来说，根本就不存在她说的那种地方，而搬到一个舒适富裕的城郊住宅区这事也远远超出了他们的能力范围。在列举完未来的愿望后，她要求他换份工作。"这不可能。"他回答道，"我是旅游学学士，我过得很好，我不会辞职的。我很享受，工作时间少，而且可以从中学到东西。""可是薪水很微薄。""不，不微薄。"巴勃罗生气了。他觉得自己收入不错，足够给家人体面的生活。这个陌生的女人是谁呢？她曾对他发誓，只要能和他在一起，无论是住酒店、睡大街，还是睡在树下，她都无所谓。一切都是小婴儿的错。他让她完全变了个样。凭什么呢？他只是个无聊、不讨人喜欢、爱睡觉、一旦醒来就哭个不停的男孩。"你要是想要更多钱，为什么自己不去工作呢？"他反问妻子。而她像炸毛了一样，大吼着问他是不是疯了。她大声说她得照顾孩子，还问他到底想怎么样，"把孩子扔给保姆或者你那个疯子妈妈？"我妈妈不是疯子，巴勃罗暗想。他不想和她大吵大闹，就走到外面的街上去抽烟了——这又涉及另外一件事情：自打孩子出生以后，她就再也不让他在家里抽烟了。

争吵后的第二天，小矮子又回到了大巴车上。这一次，他离得更近，几乎就在司机旁边，但司机明显看不见他。巴勃罗没觉得有什么不对劲，只是略感不安。他怕有的旅客也能看到小矮子的鬼魂，在车上引发歇斯底里的惊叫。

当小矮子手拿细麻绳出现时，大家正经过旅程最后的某个站点——帕冯大街的房子，小矮子杀害的（年龄）最大的一个受害人就是在那里找到的。那也是他最奇怪的袭击之一。阿图罗·劳罗拉，十三岁，被自己的衬衣勒死，尸体在一栋废弃的房子里被发现。他没穿裤子，臀部多处受伤，但并没有遭到强暴。巴勃罗讲述这个案件时，小矮子的鬼魂就停在他身边，时隐时现，摇摇晃晃，随后变得模糊不清，仿佛是烟或者雾气幻化成的。

这么多个夜晚以来第一次有人想要提问。巴勃罗虚伪地朝好奇者笑了笑。那个旅客——听口音是加勒比人——想知道小矮子有没有把钉子钉入其他受害人的脑袋里。"没有。"巴勃罗回答说，"众所周知，那是唯一一次。""那真是奇怪。"那个男人说。随后他大胆提出，要是小矮子的犯罪生涯更长一些的话，可能钉子就成了他的标志，他的标记。"也许吧。"巴勃罗友好地回答道，一边看着小矮子的鬼魂慢慢消散，"不过我们永远都不会知道了，难道不是吗？"加勒比人摸了摸下巴。

巴勃罗脑海中想着那颗钉子，还有小时候妈妈教给他的一段绕口令："小巴勃罗钉了一颗小钉子。／小巴勃罗钉了一颗什么样的小钉子？／一颗小小的小钉子。"就这样他回到家中。他打开门，看到几个月以来毫无变化的场景：打开的电视机，一个印有《少年黑客》图案的盘子里装着吃剩的南瓜，半空的奶瓶，他的房间开着灯。他向房间里探了探身。妻子和儿子一块儿睡在床上。他觉得自己都不认识他们了。

巴勃罗走到自己在儿子出生前为他装饰的房间。房间里空荡荡的，他不禁感到一阵凉意。一动不动的摇篮里一片漆黑。仿佛住在房间里的男孩已经死去，悲伤的家人将它原封不动地保留下来。巴勃罗问自己如果孩子像妻子害怕的那样死掉了，会怎么样？他知道答案。

他倚着空荡荡的墙壁，几个月前，也就是孩子出生、他妻子变成另外一个人之前，他还打算在那儿挂一个吊饰，一个晚上会绕着婴儿床转圈逗孩子开心的宇宙吊饰。月亮、太阳、木星、火星和土星……行星、卫星和恒星在夜晚闪耀着。不过他最终也没能把它挂上，因为妻子不想让孩子睡在那儿，而他也没法说服她。他摸了摸墙壁，碰到一颗还在那儿等着他的钉子。他用力把它拔出来塞进口袋。他想，这样做可以让故事更加震撼——讲述小男孩赫苏阿尔多·希奥塔诺的案件时，讲到小矮子返回现场，把钉子钉进已经死去的男孩的脑袋里时，他会把钉子从口袋里拿出来。也许某个天真的游客会真的相信那是同一颗钉子，它在那起案件后被完好地保存了一百年。想到自己的小胜利，他笑了。随后他躺在客厅的沙发上，远离妻子和儿子，指间握着一颗钉子。

蜘
蛛
网

在潮湿的北边，呼吸是一件格外艰难的事。那一带十分靠近巴西和巴拉圭，有着一条被蚊子看守的湍急河流和一片几分钟内便能从澄澈明朗变为黑云密布的天空。一到那里，立时就能感受到那种困难，仿佛是一个粗暴的拥抱在压迫你的肋骨。而且那里的步调更为迟缓：在午睡时间，只偶尔有辆自行车穿过空旷的街道，冰激凌店仿佛被遗弃了一样——尽管屋顶的风扇仍在自顾自地转动，蝉在藏身之地歇斯底里地叫嚷着。我从没见过蝉。我舅妈说蝉是一种可怕的虫子，像巨大的苍蝇，抖动着绿色的翅膀，用光滑黑亮的眼睛盯着你。我不喜欢"蝉"这个名字，要是能一直保留"金蝉"这个叫法就好了，不过它只能在蝉的幼虫时期使用。如果叫"金蝉"的话，它夏季的鸣叫会令我想起巴拉那河岸蓝花楹的紫花，抑或是白色石头房子里的石阶和杨柳。但"蝉"这个名字只会让我想起酷热、腐肉、停电，想起那些坐在广场长椅上用充血的眼睛盯着你的醉汉。

　　这年二月我去看望了住在科连特斯的舅舅、舅妈，因为我听烦了他们的责备:"你都结婚了,但我们却连你丈夫都不认识,这怎么能行呢?你把他藏起来了。""没有,"我忍不住在电话里笑了,"我怎么可能把他藏起来呢,我很乐意把他介绍给你们呀,我们马上去见你们。"

不过他们说的也有道理:我的确是把他藏起来了。

唯一还记得我妈妈的亲人,只剩舅舅和舅妈了。妈妈是他们最宠爱的小妹妹,我十七岁那年她死于一场愚蠢的事故。我服丧的前几个月他们就提出要我搬到北部和他们一块儿住,我说不用。他们经常来看我。他们给我钱,每天给我打电话。我的表姐们也会在周末留下来陪我。但我还是觉得自己被遗弃了。于是,因为孤独,我迅速恋爱并不顾一切地结婚了。所以我现在和胡安·马丁生活在一起,他总是让我生气,令我厌烦。

我决定带他去见我的舅舅、舅妈,看看在别人眼里,他的形象会不会有所改观。但只是在大宅宽敞的院子里吃顿饭的工夫,我的幻想就破灭了:一只蜘蛛爬过他的腿时("只要蜘蛛身上没有红色的十字,你就不用担心,"我舅舅卡洛斯嘴里叼着烟这样对他说,"那是唯一一种有毒的蜘蛛。"),他立刻尖叫起来。他啤酒喝多了,于是毫不谦虚地谈起他在做的赚钱生意,还几次评论说他发现这个省"特别落后"。

饭后他留下来和我舅舅卡洛斯喝了杯威士忌，而我则去厨房帮舅妈。

"好了，孩子，其实还有更糟的，"她安慰哭泣的我，"还有像瓦尔特那种会对我动手的。"

"的确。"我点头道。胡安·马丁既不暴力也不多疑。但我讨厌他。这样的日子得过多少年呀：听他说话我觉得厌烦，和他做爱则是痛苦万分，每当他提出生孩子和装修房子的计划，我都只能沉默。我用沾满洗洁精的手擦眼泪，眼睛烧灼起来，于是眼泪流得更厉害了。舅妈帮我把头低下来放在水龙头下，让水流冲洗眼睛，冲了十多分钟。这时她的大女儿，我最喜欢的表姐纳塔利娅碰见了这一幕。她总是一身古铜色皮肤，一头乌黑长发自然披落，身穿白色的宽松长裙。我在烟雾缭绕中双眼通红地看着她，不停眨眼：她捧着一盆花，正在吸烟。在科连特斯，所有人都吸烟。如果有人提醒他们说这不健康，他们会不解地看着对方，然后笑笑。

纳塔利娅把花盆搁在厨房的桌上，对我舅妈——也就是她妈妈说，她已经把杜鹃花种在里面了，随后她吻了我的额头，以示问候。我丈夫不喜欢纳塔利娅。他一直以貌取人，并且一点也不觉得纳塔利娅好看。而我则认为，从没见过长得像她这么好看的女人。此外，他还看不起纳塔利娅，因为她会用纸牌卜卦，熟知各种家庭药方，尤其是她还能通灵。"你表姐是个愚昧的人。"胡安·马丁这么对我说。我恨他，我曾想过给纳塔利娅打电话，让她给我一个药方，甚至想过问她要瓶毒药。但我还是忍下来了，就像之前对待每件这类小事一样，不过同时我胃里仿佛有块白色的石头压着，让我喘不过气，寝食难安。

"明天我要去亚松森，"纳塔利娅说，"买些蜘蛛绣桌布。"

为了赚钱，纳塔利娅在城里的主街上做着一桩手工艺品的小生意，并以其精选的、最上等的蜘蛛绣布料而出名。蜘蛛绣是巴拉圭的一种传统织品，精巧而色彩斑斓，像蜘蛛网一样，是妇女们在织架上织出来的。她的买卖后面有张小桌子，她在那儿根据顾客喜好用塔罗牌或西班牙扑克占卜。大家都说她算得很准，对此我并不确定，因为我从来都不愿意让她给我占卜。

"你为什么不和我一块儿呢？我们可以带上你丈夫。你了解亚松森吗？"

"不，我怎么会了解。"

纳塔利娅趿着拖鞋走到院子里，亲吻了卡洛斯舅舅和胡安·马丁，算是打招呼。她给自己倒了杯多冰的威士忌，伸了伸脚趾。我从厨房肿着眼睛走出来，胡安·马丁对我说："你怎么这么笨？要是伤到了眼角膜，我们就得赶紧坐飞机回布宜诺斯艾利斯。"

"为什么？"纳塔利娅问他，晃着杯子里的冰块，那声响仿佛闷热午后的钟声，"这儿的医院也很好。"

"你不能这样比较。"

"你还真是个不折不扣的布宜诺斯艾利斯人呀。"说完这之后，她邀请他去亚松森。"我开车，"她对他说，"如果你有钱的话，可以在那儿买点东西，那里什么都很便宜。离这儿三百公里，要是走得早的话，我们当天就能回来。"

他同意了，之后便去午睡了，甚至没让我陪他。我对此十分感激。我留下和表姐待在闷热的院子里，她喝着威士忌，我则喝着冰镇啤酒——我不能喝度数更高的饮料了。她和我说她新交了个男朋友，是本省最大的连锁超市老板的儿子。她交的男朋友总是很有钱。从感情上来说，她对这个男朋友和之前的那些一样，都不怎么上心，她之所以对他感兴趣是因为他有架飞机。上周他开飞机带她去兜风。"景色很美，"她对我说，"就是有点颠，因为飞机越小，越容易颠簸。""这我倒是不知道。"我对她说。"我之前也不知道。我们真笨啊，这简直是常识。我在上空遇到了一件诡异的事情。"她接着说道，"我们飞过北部的一片荒野时，我突然看见一场大火，一栋房子起火了，橙黄色的火焰中正冒着黑烟，房子看起来好像在不断坍塌。我一直盯着那场大火，直到他调转方向，看不见为止。但十分钟后，我们再次从那儿飞过时，大火却消失了。"

"可能你弄错位置了吧，而且你不能单凭从飞机上看到的景象，就确定那是之前你经过的地方吧。"

"你没听懂我的话，那里有被火烧过的黑色印记和坍塌的房屋。"

"所以，火被扑灭了。"

"怎么可能？消防员五分钟就到了？那是在一片荒野中啊，表妹，我看见的时候火苗蹿得正高呢，也没有下雨，一滴雨都没有！怎么都不可能在十分钟内把火扑灭呀。"

"你和你男朋友说了吗？"

"说了，但他说我疯了，他根本没看见什么大火。"

我们相互看着对方的眼睛。我总是相信她的。有一次她和我说不要进入外婆的房间，因为外婆就在那儿抽烟。我外婆，也就是她的祖母，已经过世十年了。我信了她的话，没有进去，但我的确闻到空气中有一股刺鼻的烟味，就是外婆抽的那种哈瓦那雪茄的味道，尽管实际上并没有烟。

"那你得调查下，打听打听。"

"我不敢。"

"为什么？"

"因为我不知道这场大火是已经发生了还是将会发生。"

　　早上五点，我们在一片漆黑中出发了。胡安·马丁差点就让我们俩自己去了，他觉得自己几乎整晚没睡，因为太热而且停电了不能用风扇。不过黑夜中，醒着的我却听见他一直在打呼噜、说梦话。撒谎、抱怨，每天他都在重复着和前一天一样的事情。我表姐纳塔利娅有辆雷诺12，这种汽车在二十世纪八十年代很常见。当太阳快从11号公路的地平线升起时，我看见雨刮器上有很多被困住的豆娘的尸体。许多人把它们和蜻蜓弄混，但豆娘虽说也属蜻目，却与蜻蜓很不一样。它们不及蜻蜓优雅，可怕的双眼分得更开，笔直的、隐约有些像阳具的身体也更长，而且它们比蜻蜓更懒。我一直怕这种虫子，而且不明白为什么几年后它们会在年轻人中流行起来——除了一些可爱的图案，比如海豚和蝴蝶，他们还会把可怕的瞎眼蜻蜓文在身上。有人把它们称作aguacil，因为它们喜欢在下雨前天气闷热的时候成群结队地出现；这名字会让我想到alguacil[1]——"法警"，正义的执行官，我想很多人都这么叫

---

1 aguacil是阿根廷人对蜻蜓的别称，字面意思是"水虫"。alguacil意为"法警"，在阿根廷方言里也可表示蜻蜓。

这种昆虫吧，仿佛它们是空中警察。

去往亚松森的路途无聊又单调：一会儿是低洼地与棕榈树，一会儿是热带雨林，更多的是不时出现的一个个小镇或村庄。胡安·马丁在后座睡觉，我时不时从后视镜看看他：他那特权阶级的做派还是迷人的，一头优雅的发型，身着印有鳄鱼标志的短袖衫。纳塔利娅抽着她的金边臣长杆香烟，我们之间没有交流，因为车开得很快，噪音迫使我们不得不喊着说话。我想多和她说说我的婚姻，说说胡安·马丁是如何不停纠正我的：要是我伺候他用餐晚了点，我就是个废物，一个"永远杵在那儿什么都不干的人"。如果我在做选择的时候迟疑了，我就是在浪费他的时间——他总是那么决绝和冷漠：花十分钟考虑去哪个饭馆就意味着一整个晚上他都会没好气，说话也满是不耐烦。为了不吵架，不让事情恶化，我总是在向他道歉。我从没和他说过他让我厌烦的一切：饭后总是打嗝；就算我求他也从不打扫卫生间；总是在抱怨各种东西的质量；每次我请他稍微开心点，他总会说现在说这些太晚了，他已经没耐心了。但我什么都没说。我们停车下来吃午饭的时候，我和我表姐一块儿吃一碗玉米粥，胡安则点了他天天都吃的牛排配沙拉——他从不想尝尝别的东西，除了牛排或者土豆饼之外就是比萨，但是只有周末才吃。

他无聊透顶，而我则愚蠢至极。我很想求某个卡车司机从我身上轧过去，然后把被压扁的我抛在路上，就像我偶尔在柏油路上看到的那些被碾得稀烂的母狗一样，它们中有些还怀孕了，因此往往身旁还有幼崽垂死蜷缩着。它们的身体实在是太笨重了，根本没法快速跑动，以躲开那些致命的车轮。

还有不到一小时就要进入巴拉圭了，于是我们准备好护照。移民局的官员是些身材高大、肤色黝黑的军人，其中有个喝醉了。他们盯着我们的屁股看，还窃笑着小声议论，但没怎么仔细检查就给我们放行了。这态度在我们意料之中，而且算得上相对恭敬了：他们在那儿就是为了达到震慑效果，挫败任何一种挑衅。胡安·马丁开腔说——在我们已经远离检查站的时候——要投诉他们。

"你要找谁去投诉呢，我的朋友？他们就是政府。"纳塔利娅问他，而我十分了解她，听出了她语气中嘲讽以外的其他东西——鄙视。随后她用难以置信的眼神看了看我。但我们三个都没再开口说话。纳塔利娅对亚松森十分了解，很快我们就到了4号市场，她把车停在差不多两个街区以外的地方锁好，接着我们被人流推着往前走。街边有钟表贩、桌布贩、乞讨的孩子们，还有一个母亲和她坐在轮椅上的女儿，所有这一切都在那些军人的监视之下，他们身着褐绿色制服，携带的武器看起来陈旧过时，很少使用。

炎热的天气和市场的气味简直就是一种生理折磨。我在一个橘子摊旁停下。这种水果长着一种畸形的脐且口味寡淡。在当地，大家把它叫作"柚子"。小摊在入口附近，几只苍蝇在周围飞来飞去。我痛恨苍蝇，不是因为觉得恶心，而纯粹是因为我不知道怎么消灭它们。这些被水果吸引过来的小苍蝇仿佛是在黑暗中飞行的小碎片，只有当它们近在眼前时，你才能看清这种小虫子的翅膀、腿或者别的特征。尽管店家一再降低价格——"三瓜拉尼、两瓜拉尼、一瓜拉尼"，我还是没买。车夫在小道上奔跑着，推车上的盒子有的装着水果，有的装着电视机和双卡录音机，有的装着衣服。胡安·马丁默不作声，纳塔利娅则坚定地往前走着。她穿着白色连衣裙和平底凉鞋；因为太热，她把头发扎了起来，马尾辫来回晃着，好像她身上带着风。

"这完全就是在走私。"胡安·马丁冷不丁地说，声音很大，使得一些店家和来来往往的小摊贩纷纷盯着他看。我立即停下脚步，抓住他的胳膊。"别这样说。"我在他耳边说道。"这些人都是罪犯。你把我带到了什么地方？这就是你的家人。"厌恶感与泪水交织在一起，我对他说我们待会儿再谈这个，现在先闭嘴。是，没错，其中有些人可能确实是罪犯，不过他要是继续这样挑衅，他们会杀了我们的。我从头到脚重新打量了他一番——船鞋，腋下的汗渍，头发上别的墨镜。我已经不再喜欢他了，他对我毫无吸引力，我真该把他交给斯特罗斯纳的军人们，任由他们处置。

我赶紧跟上纳塔利娅，她已经在卖蜘蛛绣的那个女人的小摊前了。一个稍年轻些的女人在织架上织着色彩明艳的蜘蛛绣。这里是这片无尽而嘈杂的市场里唯一略微清静的地方。人们驻足询问价格，周围回荡着收音机、恰马梅¹的声音，甚至还有竖琴——在这个炎热的上午，游客数量寥寥，都是为了买廉价商品而来，却仍有一个男人在锲而不舍地弹奏着竖琴。但即便如此，那女人低声的回答却也能让人听清楚。纳塔利娅抓紧时间。她在各式各样的桌布前犹豫了片刻，最终选了五匹。我最喜欢其中两匹，一匹是白色的，边缘镶有蕾丝花边，正中间色彩斑斓——紫色、蓝色、绿松石色、绿色、红色、橙色、黄色；另外一匹则更为雅致，只用了棕色系——从浅咖啡色到红棕色。她为这五匹桌布买了一些相配的餐巾，还买了三十多只花瓶，以及许多可以缝在裙子、衬衣，尤其是薄布短衫上的纹饰。那些短衫是她在一个很远的小摊上买的，要找到这个小摊，得沿着小道走到市场深处。我紧跟着她，甚至没留意胡安·马丁有没有跟上。我暗暗思考"蜘蛛绣"这个名

---

1 拉美一种地区性的民间音乐，主要流行于阿根廷东北部和巴西南部等地区。

字的由来：可能是得名于它的编织技法，因为最后的成品其实更像孔雀的尾巴，羽毛上的那些眼睛美丽却又令人不安。那么多眼睛就这样分散在这种动物身上，让它连行走也变得沉重——它美得不可方物，却总是一副疲惫不堪的模样。

"你不给自己买件薄布短衫吗，马丁？"纳塔利娅问马丁，她没有叫他的全名。

胡安·马丁觉得很不舒服但还是勉强笑了笑。我了解这个表情，那意味着他在忍耐，在说"我已经尽力了"，等事情过去以后再指责我，让我难堪——"我需要你的帮助，你却无动于衷"。他买下了一件薄布短衫，却试都不想试一下。"得先把它洗一遍。"他用责备的语气朝我说，就好像衬衣有毒一样。他帮纳塔利娅拎起一个塑料袋（一点都不沉，都是些布料），然后说："拜托，我们快离开这个地狱吧。"由于没有出口标志，他被迫跟着我们走，其实是跟着纳塔利娅，我在他眼中看到了不满与怨恨。

我表姐抓着我的手，假装很欣赏我的嵌青金石银手镯，那是胡安·马丁在我们去瓦尔帕莱索度蜜月时送我的。

"人人都会犯错，"她对我说，"重点是改正这些错误。"

"那怎么改正呢？"

"我的朋友啊，除了死亡，没有什么是无法解决的。"

胡安·马丁不喜欢夹在市场和河岸中间的这条路，他觉得整个城市又脏又穷。他不喜欢洛佩斯宫。随后在河滩上他几乎对我们破口大骂，指责我们怎么那么麻木不仁，"你们难道没看见那些肚腹肿胀的孩子就在离政府大楼几米远的地方顶着太阳吃西瓜吗？这完全是个见鬼的国家。"我们不想和他吵架。这个城市的确是穷，而且因为天气炎热，四周充斥着垃圾的气味。但他不是对亚松森不满：他是在生我们的气。我已经不想再哭了。为了不激怒他，我们准备就近找一家餐馆，附近都是些政府大楼、私立学校、大使馆和酒店：这里是巴拉圭的富人区。我们很快到了佛朗哥总统大道上的慕尼黑饭馆。"这条街的名字是为了纪念佛朗哥，那个独裁者？"胡安·马丁问道，不过这只是个反问句。饭馆的院子里有尊巨大的圣女丽塔塑像，那里的桌子都是空的，只有正中间那张桌子旁坐了三个军人。我们在离他们远一点的位置坐下，以防胡安·马丁的话被他们听见；况且，在亚松森你最好坐得离军人远一些。墙是殖民时期风格的，被院子框住的天空一片澄澈。这里虽然十分炎热，却也有阴凉之地。我们点了巴拉圭汤，胡安·马丁点了个三明治。那几个军人喝啤酒喝醉了——桌上和椅子下面有许多空酒瓶——先是对女侍者说她很漂亮，随后其中一个人摸了摸她的屁股，那场面仿佛一部低俗电影、一个笑话。一个敞着制服外套、大腹便便的男人，嘴边叼着一根牙签，发出粗俗的笑声；女孩试图拒绝他们，并询问道："还需要别的什么吗？"但是她不敢破口大骂，因为这些人腰间配着武器，他们背后的花坛那儿还放着别的武器。

胡安·马丁站起来，我已经能想象到即将发生的事情了。他会大叫"放开她"，逞一时的英雄，然后那些人会把我们三个都抓起来。他们会在独裁时期的牢房强奸我和纳塔利娅，日日夜夜；会用刺棍扎我那和头发一样金黄的阴毛，垂涎地说着："他娘的外国佬，他妈的阿根廷小娘儿们。"纳塔利娅可能很快会被他们杀掉，因为她古铜色的皮肤，因为她巫女的身份，因为她的桀骜不驯。而这一切都是因为胡安·马丁要当英雄，鬼才知道他想证明什么。并且他能从中轻松解脱，因为他们会干脆利落地往男人的后颈上给一枪，痛快了事——巴拉圭的军人不是同性恋，明显不是。

纳塔利娅制止了他。"你难道都没有意识到他们在做什么吗，他们要强奸她。""这一切我都知道，"纳塔利娅回答，"但我们什么也做不了。我们现在走吧。"接着纳塔利娅把钱留在桌上，拽着胡安·马丁上了车。几个军人正专注于折磨那个女孩，甚至都没看我们一眼。在车上胡安·马丁说，我们的懦弱让他觉得如何如何，还有我们多么令他羞耻和恶心。那是下午六点。我们那天已经在市场上逛了很多个小时，去河边和市中心散步时又一直在忍受我丈夫的大吼大叫。纳塔利娅想早点到家，赶回科连特斯吃晚饭。于是当太阳变成红色，水果小贩们坐在阳伞下喝着清凉的饮料时，她发动汽车离开了亚松森。

汽车在福莫萨的某个地方抛锚了。它就像匹叛逆的马，开始颠簸跳跃，然后突然停下了。纳塔利娅想再次发动，我听到发动机压抑而精疲力竭地发出无力的声响。想再次启动，得等很长一段时间。黑暗铺天盖地，这个路段一盏灯都没有。更糟的是寂静，只有某只夜间活动的鸟儿掠过植物的声音——这里是丛林地带，植被茂密，或者远处行驶的卡车声，但那辆车不会路过这里拯救我们。

"你为什么不去瞧瞧发动机呢？"我对我丈夫说。他在返程的时候没有主动提出开车，甚至都没问过我表姐累不累，这已经让我很不高兴了。我不会开车。为什么我这么没用？是我过世的妈妈过度溺爱我，从没想过我要自己独立解决问题吗？我是因为不知道自己要做什么，也不知道该找份什么工作，所以才和这个蠢蛋结了婚？黑暗中，在一片仿若植物丛的阴影里，萤火虫在闪烁。我讨厌人们把它们叫作发光的小虫子，"萤火虫"是个美丽的词。曾经有次我捉了几只放在装蛋黄酱的空瓶里，然后才发现它们有多丑，就像长了翅膀的蟑螂。但它们也得到了最为公平的赐福：静止不飞时，它们看起来像害虫一样，而一旦闪闪发光地挥动起翅膀，它们就成了最接近魔法的小生灵，是美与善的征兆。

胡安·马丁要了把手电筒，什么都没嘟囔就下车了。我就着车内微弱的灯光看了看他的脸，发现他被吓着了。他打开汽车前盖，这时我们为了省电把车灯关了。我们看不见他在做什么，但突然听到他把前盖猛地关上，然后脖子满是汗地跑进了车内。

"有条蛇从我脚上爬了过去！"他尖叫道，嗓子都破了音，仿佛有口痰卡在喉咙里。纳塔利娅再也忍不住了，用拳头拍着方向盘笑话他。

"你真是个傻瓜。"她说，然后擦干笑出来的眼泪。

"傻瓜！"胡安·马丁尖叫道，"万一它咬我了呢？万一还是有毒的呢？我们怎么办，啊？这是在一片荒野里啊！"

"它是绝对不会咬你的，放心。"

"你知道什么！"

"至少比你知道得多。"

三个人都沉默了。我听到胡安·马丁的呼吸声，同时暗暗发誓以后决不再和他发生性关系了，就算他拿着武器强迫我也没用。纳塔利娅下了车，对我们说如果不想把小虫子放进车里的话，就把窗户关上。"那样你们会热死，但只能二选一了。"胡安·马丁抱头对我说："我们永远、永远不会再来这儿了，你明白我的意思吗？"纳塔利娅在空旷的路上走着，我用手电筒从车内给她照明。她在一边抽烟一边思考，我认得她这个表情。胡安·马丁试着再次发动汽车，但汽车发出比之前更加压抑和迟钝的声响。"肯定是你表姐忘记给车加水了。"他这么和我说。"不可能，"我回答，"因为车身并不热，你查看发动机的时候没发现吗？你到底看到了什么，嗯？你什么都不懂，胡安·马丁。"接着我在后座伸了个懒腰，把 T 恤衫脱了，只剩下胸罩。

我和卡洛斯舅舅还有妈妈曾走过和这条路一样的路。我记不清当初是为什么要去亚松森了。他们一路都在唱歌，这我倒是记得，那些歌是关于佩可索亚桥、秋古依鸟和收割者的。路上我想撒尿，但又不敢在山林间脱短裤。于是我们开到了一个服务站，舅舅问负责人要了钥匙，去侧面那个卡车司机专用的小厕所方便。那个小厕所至今仍是我挥之不去的噩梦，简直臭气熏天：天蓝色的瓷砖上有沾着屎的手指印，一看便知连卫生纸都没有，很多人都是用手指清理的。他们怎么能这么干呢？黑色的马桶盖上布满虫子，尤其多的是蝗虫和蟋蟀，它们发出冰箱一样的嗡嗡声。我哭着跑出去，脱下短裤，在服务站的侧面撒了尿。我从来没对舅舅和妈妈说过这件事，从来没跟他们提起过马桶里已经干硬的屎、污秽的厕所门把上褐色的指纹、爬满光秃秃的屋顶吊灯的绿色蝗虫。在厕所那件事后，我对那趟旅行不再有任何记忆。妈妈说我们住宿在了一家漂亮的殖民时期风格的旅店，但晚上却看到老鼠在院子里跑。我对旅店还有之后耽搁我们返程的那场倾盆的冰雹雨没有任何印象。那场旅程，于我而言结束在了那个布满蝗虫的厕所。

胡安·马丁说应该沿着这条路走，走到一个有灯的地方，我没有回答他。他连蛇都怕，要是碰见有蛇爬过马路，他怎么办？纳塔利娅抽完了一根烟——至少在黑暗中看不见像萤火虫一样闪烁的烟头了——不过她没有上车。显然她想在外面等等，看会不会有人路过这儿，或许能把她带到一个有电话的地方给汽车俱乐部打电话。另外，她也不必和我们俩一块儿待在车里，毕竟她已忍受了大半天胡安·马丁和我的消极，谁能怪她呢？

卡车车灯照亮了道路，车轮在空气中扬起尘土。我觉得很奇怪，在北边，虽然天气很热，但几乎从来没见过干燥的泥土，因为就算不是每天，也是断断续续地会下雨，空气总是很潮湿，泥土都粘在地上。而卡车就这样来了：就像带来了一场沙尘暴。纳塔利娅打开信号灯，那个三角形的东西在夜晚发出磷火般的光亮，但看得出她对它也不是很有信心，因为她迅速打开车门，抓起放在驾驶座上的手电筒，开始挥动双臂，并大叫"喂，喂，救命，救命"。这是一辆拖车式卡车，我没看见司机的脸。司机把车停了下来，没有熄灭发动机，纳塔利娅得爬上车和他说话。两分钟后，她抓起她的皮夹和香烟，说那个人会把她带到服务站给汽车俱乐部打电话，还说那人告诉她，我们现在离克洛林达很近，但因为车里地方不够，他不能载我们三个过去。卡车跟来时一样忽地消失在黑漆漆的道路上，我想起那些还没来得及问纳塔利娅的事情：得多久？服务站是不是很近？既然克洛林达很近，为什么他们不去那儿呢？那个卡车司机真的可信吗？要是有别的卡车或者汽车从这里经过，我们怎么办？拦住它？

"我们忘记问他要水了。"胡安·马丁说，这是他从早晨开始说的第一句清醒的话。

我的心跳得越来越快：万一我们脱水了呢？我把车窗放下，来不及担心这样会有虫子进来。能有什么虫子呢？蛾子、屎壳郎、蟋蟀，还有什么？也许还有蝙蝠。胡安·马丁说："你表姐真不负责任，把我们带到这连车都不会路过的地方，也不检查检查这老爷车好不好用。""你怎么知道她没检查过车?"我生气地反驳他。我觉得现在要杀死他简直轻而易举,我可以在后备厢找一把螺丝刀,然后扎进他的脖子。而他不想杀我,他只是想虐待我、摧毁我,让我憎恨生活却无力改变现状。他想打开收音机,我差点忍不住和他说"住手,得省着点电",但我任由他那么做了,我享受他的无知:等吊车到了以后,听他向车上的人解释他刚刚为了在收音机里找个什么鬼电台把电池用完了,那该是多么有意思啊。在这个地方的夜晚,收音机里能有些什么呀?恰马梅、恰马梅,还有一些寂寞的人打电话到电台哭诉,追忆他们在马尔维纳斯群岛[1]战争中死去的儿子。

机械救援队一小时后到了,正如我所料,他们责备胡安·马丁打开了收音机。胡安·马丁支支吾吾地找借口。汽车修理师们开始工作,胡安·马丁装作在一边监督他们。我下车挽住纳塔利娅。

"你都不知道那个卡车司机有多帅气。他是住在奥韦拉的瑞典人。简直帅炸了。他打算在克洛林达过夜,我觉得我会和他待在一起。如果汽车修好了,就让你那个蠢蛋丈夫把你带回科连特斯吧。"她低声和我说。

1.英国称福克兰群岛。——编者注

不过汽车还是无法启动。于是他们不得不把我们仨拖到了福莫萨的克洛林达，把汽车留在这个城市的汽车俱乐部分店里。他们非常热心地把我们送到了纳塔利娅选的一家店名夸张的酒店——"大使"酒店。酒店是白墙的，还有殖民时期风格的连拱廊，但我知道，仅仅是从外面看着还不错罢了，实际上会有一股潮味，甚至有可能都没热水。酒店有个餐馆，嗯，准确来说是家烤肉店，里面摆着几张塑料桌子，有几个独自进餐的客人，另外还有一家子在吃饭。"我们去洗澡吧，"我对胡安·马丁说，"之后吃点东西。"

　　取房间钥匙时，有个人走到前台，毫无疑问，就是那个卡车司机。纳塔利娅像个小女孩一样朝他跑去。那人比她高出两个头，有一双粗壮的手臂和一头金色的短发。"晚安。"他对我们说，然后笑笑。他看起来很讨人喜欢，但也有可能其实不然：指不定是个堕落的浪子，暴徒，或者强奸犯。但他长得实在帅气，女人们更乐意相信他是公路上的金发王子。我和他打了声招呼，胡安·马丁拿起钥匙朝我看看，示意我跟上他。我照做了。纳塔利娅朝我喊道："我们一小时后见，然后去吃饭。"我暗自想，真可怜，她有一小时和那个笑容俊美的维京人待在一块儿，而我却得忍受我丈夫一小时。

　　胡安·马丁对我大吼："这一整天你几乎没有一次，没有一次意识到，你应该站在我这边。"他大声对我说纳塔利娅是个婊子，跟她路上碰到的第一个人走了。他朝我叫嚷说我也是个婊子，因为我刚刚向那个金毛蠢蛋抛了媚眼。我回答说他口中的那个金毛蠢蛋在路上救了我们，至少，他应该对人家说声谢谢。"你就是个没教养的人，"我对他大叫，"没教养的人。""我没教养？他妈的混蛋！"他大吼着钻进卫生间，狠狠地摔上门。到了里头他依然叫嚷个不停，还开始骂娘，因为没有热水，毛巾也都散发着一股霉臭味。最终他从里面出来，瘫倒在床上。"你什么都没说。""你想让我和你说什么？"我回答。"你想把我抛下，"他说，"不过你会发现，等我们回到布宜诺斯艾利斯，事情就会好转。""那要是没有好转呢？"我反问他。"你别想那么容易抛下我。"他说着点了根烟。我冲了个冷水澡，想着也许等我洗好出来时他已经睡着了，香烟点燃了床单，他就被烧死在那儿，在克洛林达的这家酒店。不过当我全身湿冷、顶着一头滴水的金发难受地走出来时，他已经穿戴整齐、喷好香水在等我一起去吃晚饭了。

"原谅我，"他和我说，"有时候我的确不可理喻。"

"我们去吃饭吧。"我一边说着一边穿了条宽松的裙子，没有梳头发。我想就这样让金发卡车司机看到我：刚刚出浴，头发半披。胡安·马丁要吻我时，我别过了脸。但他什么也没说，他已经很满意了。

烤肉店里只剩两个人，以及我表姐和金发卡车司机。一个黑发女孩问我们想要什么，并说只剩下牛仔骨、香肠（她可以给我们做烤肠夹心面包）和什锦沙拉了。我们说可以，全部都要，还点了一瓶冰镇汽水。比起饿，我其实更渴，虽然刚到克洛林达时我就买了瓶冰镇香柚芬达汽水。这是我最喜欢的汽水，不知为什么在布宜诺斯艾利斯已经买不到了，但在内地还有——有可能是用旧瓶子装的，也有可能还在继续生产。在内地河畔，事物消失得更慢。

男人们在谈论鬼故事。纳塔利娅坐得离金发男特别近，两人抽着同一根烟。他把白衬衣微微敞开，露出古铜色的皮肤，真是帅极了。

"不久前我碰到一件特别怪异的事。"帅气的金发男说。

"快讲讲，我的朋友，这里没人睡着！"另外一个喝着啤酒的卡车司机大声说。他打算这样半醉地继续开车吗？这些路段事故频发，原因大概就在于此。我的卡洛斯舅舅如果喝醉了就绝不会开车，他是他的朋友圈子里乃至我们整个家族的一个例外。

"那我说了？"金发男说着看了看我表姐。纳塔利娅对他笑笑，然后点头。

"那好。"金发男随后打开了话匣子：他是从奥韦拉来的，米西奥内斯省的奥韦拉，离那儿大约二十公里的地方有个小镇叫坎波比埃拉。镇里有条小溪，雅萨溪。"有一天下午，大白天的——嗯，别以为这是我在黑夜里凭空想象出来的。我那天也没喝酒。总之，有天下午我开着我的小卡车出门做事，过一座桥的时候，突然一个女人从桥面上横穿过来。我没能及时躲开她——要是躲开她的话我自己就会死，嘿！我感觉车身被撞了一下，慌忙跑下车，背上全是冷汗，结果没看见任何人。没有血迹，保险杠上连个凹痕都没有，什么都没有。我去了趟警察局，他们给我录了口供，但态度完全像见了鬼一样。于是事情得改天再做了。我在坎波比埃拉对别人说过这事，和我现在对你们说的一样。镇上的人告诉我，那座桥是军人建的，用了死人做桥基，他们杀人之后，就把尸体藏在那里。"

我听见胡安·马丁的呼气声。他不喜欢这种故事。

"这种事情不要开玩笑。"他对金发男说道。

"抱歉，先生，但我不是在开玩笑。军队的人的确能把尸体埋在那儿。"

我们的烤肉到了，胡安·马丁开始吃了起来。侍者给我们拿来木盘子。比起瓷碟，吃烤肉时我总是更喜欢用木盘子，口味更佳，色拉油会被吸收得更好，但又不会渗入肉里。美味至极。

金发男说，坎波比埃拉的人还和他说了很多有关那座桥和那条小溪的故事。"那整片地区都很诡异，"他说，"你明明看见了车灯，之后却始终不见那些汽车开过来，就好像它们都消失在了某条路上，可周围没有其他路可走了，全部都是丛林。"

"说到消失的汽车，我想到了一件好笑的事。"其中一个卡车司机笑着说，他可能是想缓解沉重的气氛，还有让我丈夫不那么反感。我又一次感到难堪，对金发卡车司机笑了笑，他也对我回以微笑，脸颊上露出一个可爱的酒窝。但愿他能成为纳塔利娅的男朋友吧，我暗想，但愿纳塔利娅也像对她其他的男朋友一样厌倦他，这样他就会发现，从一开始，从我们在酒店前台对视的那一刻起，他就已经爱上我了。

"就发生在这里！呸，不是这里，是在路上的那家烤肉店，离这里十个街区。有个家伙开着房车来了，那是一间漂亮的小房子。他是和家人一起来的，带着两个男孩，还有妻子和岳母。好像是一家子去吃烤肉了，把老太太留在了房车里，有可能那位女士不太舒服，不过谁知道呢。"

"然后呢？"第三个卡车司机问，他看起来很困。

"老太太连同房车一块儿被偷走了！"

所有人都放声大笑，连正在熄火的烤肉店女孩也笑了起来。"那个绝望的家伙跑去警察局，在克洛林达待了大概一周。他妻子精神受到了打击。福莫萨全省展开了铺天盖地的搜查，最后找到了那辆房车，不过是空的。里面所有的东西都被偷走了，包括那个岳母。"

　　"这事发生多久了？"纳塔利娅想知道这个。

　　"有……已经一年了吧。时间过得真快呀。一年。一个怪异无比的案件。肯定是窃贼们上了房车以后没发现老太太在里面，之后他们可能吓得要死，就把她扔下了车。在这儿，你可以随便丢下哪个人，谁也不会找到你头上来。"

　　"那个男人一直在求助，"烤肉店的女孩补充说，"但那位女士再也没有出现。"

　　"那些窃贼也没有露面，"卡车司机又说道，"可怜的女人呀，嘿，什么命。"

　　他们继续聊了会儿那个消失的岳母，胡安·马丁则怒气冲冲，说了声抱歉就回了房间。"我等你。"他看着我说，我点点头。不过我待到了很晚，一直待到头发都干了。烤肉店的女孩给我们留了冰柜的钥匙让我们继续自己拿啤酒。纳塔利娅还讲述了她在男朋友飞机上看到着火的房子的故事，不过她没说那是她男朋友，只说是她表哥。然后她打着哈欠说要去睡觉了。金发卡车司机跟在她后面。我走在他俩后面，另外要了间房。我对前台的女孩说我丈夫太累了，要是我这个时间进房间的话，会把他吵醒。如果我们的汽车第二天被运回来了，他就得昏昏沉沉地一路开到布宜诺斯艾利斯，因为他一旦被吵醒就很难再入睡。"当然没问题。"前台的女孩——貌似这个酒店全是女孩——回答说，"我们现在几乎没什么客人，真是个糟糕的时节。"

"的确，这是个糟糕的时节。"我附和道，之后我头一沾到枕头就立马睡着了。我做了一个噩梦，一个赤裸、浑身是火的老妇人在一栋快坍塌的房子里奔跑。我从外面看见了她，却不能进去帮她，因为很可能会有根横梁掉下来砸中我的脑袋，或者火苗会烧到我身上，那些烟也会让我窒息。但我没有寻求别的帮助，我什么都没有做，就静静地看着她被火焰吞没。

汽车俱乐部上午就把车给我们送了过来。他们解释了车的问题，但内容远超我们的理解范围，我和纳塔利娅一点都没听懂。我们唯一想知道的就是车能不能开到科连特斯，他们回答说当然，不过三小时车程而已。之后我们还得把车开到服务站去检修，因为有些问题他们也没法解决，具体是哪些暂时不清楚，但汽车修理师傅肯定立马能看出来，如果不能的话，就给他们打电话。我们谢过他们，然后去吃早餐。除了烤面包片和牛奶咖啡（连个羊角面包都没有）什么都没有，但也还算凑合。金发卡车司机两小时前就走了。他向纳塔利娅保证说会给她打电话的，她也相信他会兑现承诺。"他做爱的时候就像天神一样勇猛，"她对我说，"他真是个温柔甜蜜的人。"

我嫉妒她。我就着泪水咽下半凉的咖啡，然后去找胡安·马丁。但我进入房间时，他却不在。床上整整齐齐，就好像他没在那儿睡过一样。我也不敢肯定他有没有回过房间，我甚至都没看见他回酒店。我回到早餐厅问纳塔利娅。"他进了酒店，是的，我看见他了。"她这么回答。前台的女孩还没去睡觉，她肯定地告诉我们他昨晚拿了钥匙：至少现在在墙上的钥匙环上没有那把。

"他可能出去散步了。"她低声说。

不过，她确实也没有看见他下楼。我紧张起来，双手颤抖。我对纳塔利娅说我们得报警，她像之前在市场上那样把头发扎成马尾，然后说不用。"别犯傻了。他要是走了，就让他走吧。"她这么对我说。

她停下脚步，去房间找她的皮夹和购物袋。

"你看起来吓得不轻，亲爱的。"

的确，我很慌乱。我回到胡安·马丁本该睡觉的那个房间，连他的手袋和牙刷都没找到，我们旅行时，他总会多此一举地把这些东西在卫生间摆好。莲蓬头是干的。那几块依然湿答答的毛巾是我用过的。

　　我们上了车，戴上墨镜，太阳真是令人无法忍受。

　　"要下雨了，"酒店前台的女孩说，"收音机里是这么说的，不过看起来不像呀，现在还是大晴天呢。"

　　"快下雨吧，我的朋友，这样就不用再忍受这黏糊糊的天气了。"纳塔利娅回答说。

　　"这位女士的丈夫呢？"她这么问，就好像我不在那儿一样。

　　"啊，是场误会。"

　　我坐在副驾驶座上。离开克洛林达前，我们停在了一个服务站：纳塔利娅需要抽根烟，我则需要再来一瓶香柚芬达。昨晚的其中一个卡车司机正在加油，大家讲故事的时候，他一直昏昏欲睡，几乎没怎么听。他和我们打了招呼，问一切是否顺利，然后看了看后座，可能是在找胡安·马丁，但并没有问起他。我们笑着和他打招呼，然后离开，上路。在河流一侧的地平线上，已经能看见暴风雨前的乌云了。

学

期

末

我们从来都没怎么注意到她。她是那种少言寡语，看起来不太聪明也算不上笨的女孩。长着一张大众脸，就算每天都在同一个地方看见，换一个地方就可能认不出，也叫不上她的名字。唯一与众不同的地方是她穿着难看，衣服似乎只是用来遮住身体的，总是大两到三号，衬衫严实地系到最后一粒扣子，肥大的裤子完全掩盖了她的身形。只有衣服能让我们注意到她，但我们也只会评论她的品位差，或者说她穿得像个老太太。她叫马尔塞拉，或者也可以替换成莫妮卡、劳拉、玛丽亚·何塞、帕特里西亚等等。那些向来不引人注意的女孩通常都叫这些名字。她是个差生，但老师却很少让她不及格。她经常旷课，但没人注意到她的缺席。我们不知道她有没有钱，父母做什么工作，也不知道她住在哪个区。

　　她对我们无关紧要。

　　直到在一堂历史课上，有人发出了轻微的作呕声。是瓜达吗？感觉是瓜达的声音，她就坐在马尔塞拉的旁边。老师在讲卡塞罗斯战役时，马尔塞拉用牙把左手的几个指甲咬了下来，仿佛那是假指甲一样。她手指流着血，但看上去一点没觉得疼。几个女孩忍不住呕吐了起来。历史老师叫来另一位老师把马尔塞拉带走了。之后的一周她没来上课，也没有人提及此事。当她返回学校时，已经从一个默默无闻的女生变得人尽皆知。有的人怕她，有的人想和她做朋友。她所做的事比我们以往看到的都要奇怪。有些学生的父母想针对此事开个会，因为他们不放心我们继续和一个精神失常的女孩有接触。但他们用其他方式处理了此事。到年末时，我们也快中学毕业了。马尔塞拉的父母保证说她已经好了，通过吃药、接受治疗，情况得到了控制。其他的家长相信了他们的话。而我爸妈就从没关注过此事：对他们来说最为重要的是我的成绩，而我每年都是最优秀的学生。

之后的一段时间，马尔塞拉还算不错。她手指打着绷带回到了学校，开始缠的是白色的纱布，后来换成了创可贴。她似乎忘了咬掉指甲的事，也不和试图接近她的女孩们做朋友。在卫生间里，那些想和她做朋友的女生告诉我们那是不可能的，因为她不说话。她只是听她们说，从不回应，而且一直目不转睛地盯着她们，看得她们头皮发麻。

卫生间是一切真正开始的地方。马尔塞拉看着镜子中的自己——镜子上只有一块地方可以照人，因为其他地方不是斑驳脱落就是脏兮兮的，或是布满用记号笔或口红画的涂鸦：爱情宣言，或者两个愤怒的女孩吵架后写下的污言秽语。我和朋友阿古斯蒂纳正在努力解决我们之前讨论过的一个问题，似乎是一次重要的讨论。这时候马尔塞拉从某处（好像是兜里）掏出一把吉列剃须刀，迅速地在脸上割了一个口子。血稍迟片刻才流出来，但几乎是喷涌而出，浸湿了她的脖子和衣衫——她把衣衫扣得严严实实的，像修女或过分精细的男人那样。

我们俩没有采取任何行动。马尔塞拉仍看着镜子，端详着她的伤口，一点都没表现出疼痛。这给我留下了极深的印象：很显然她不疼，没皱眉也没闭眼。一个刚小便完的女生打开门喊道："她怎么了！"我们才反应过来，用手帕给她止血。我朋友都要哭了，我也吓得膝盖打战。用手帕给她按住止血的时候，她仍定定地看着镜子微笑，笑容很美，她的脸也很美。我提出要送她回家或者陪她去缝合一下，给伤口杀杀菌。她这才有了反应，摇头说不用，她会叫辆出租车。我们问她有没有钱，她微笑着说有钱。这微笑足以使任何人爱上她。她又一次旷课一周。全校都知道了这件事，大家都在议论。当她返回学校时，大家都努力不去看她那半边脸上的纱布，但都没忍住。

现在上课的时候我尽量坐在她旁边。我只希望她能和我说话，跟我解释这一切。我想去她家看她,想知道与她有关的一切。有人告诉我,据说她要被送进医院了。我想象中的医院是那种院子里有个灰色大理石喷泉的地方,种着紫色和栗色的植物,比如秋海棠、忍冬和茉莉。我想象的不是一家脏乱昏暗的精神病医院,而是一间漂亮的诊所,里面有很多眼神呆滞、茫然若失的女人。我坐在她旁边,比任何人都更近距离地看到了发生在她身上的一切。大家都既害怕又吃惊地看着。她开始颤抖,更确切地说是受到了惊吓。她的手在半空中挥舞,好像在驱赶某个无形的东西,又像是在避开什么东西的追打。之后她捂住眼睛,摇着头表示不要。老师也看到了,但装作没看见,我们也是。真是奇怪啊,她当着大家的面跌下座位,自己没觉得羞耻,我们却觉得很难堪。

稍后她又开始拔头顶的头发。她的椅子上逐渐堆起了一大把又直又黄的头发。第二周,我们能隐约看到她泛着粉色的、发亮的头皮。

一天课上,我坐在她旁边,她突然跑出了教室。所有人都看着她离开,只有我跟了出去。稍后我注意到身后跟来了我的朋友阿古斯蒂纳和上一次在卫生间帮马尔塞拉止血的那个女孩,她叫特蕾,是另一个班的。我们觉得自己负有责任,或者说我们想看看她要做什么,事情最终会如何。

我们又在空荡荡的卫生间里找到了她。她正歇斯底里地哭喊着，像个闹脾气的孩子。纱布从她脸上脱落，我们能看到她脸上的伤口。她指着一个马桶大喊："滚开！放开我！滚开！够了！"气氛有点异样，卫生间里光线特别明亮，空气中弥漫着比平时更加浓烈的血、尿和消毒水的味儿。我对她说：

"你怎么了，马尔塞拉？"

"你没看到吗？"

"看到谁？"

"看他！看他！就在马桶那儿！你没看到吗？"

她紧张而害怕地看着我，但神志很清醒：她确实看到了什么。但马桶上除了破旧的水箱盖和拉线之外什么都没有，安静得异乎寻常。

"我什么都没看到，什么都没有。"我对她说。

她茫然失措了一阵，突然抓住了我的胳膊——之前她从没碰过我。我看着她的手，她的指甲还没长出来，也可能刚长出来的那点儿又被她咬掉了，只能看见还带着血迹的表皮。

"没看见吗？没看见吗？"她又看着马桶说，"确实在那儿，就在那儿。跟他说话，跟他说点儿什么。"

我害怕马桶拉线会晃动起来，但它仍然一动不动。马尔塞拉似乎在听什么，仍目不转睛地盯着马桶。我注意到她的眼睫毛也没了，被她拔光了。很快眉毛也会被拔光吧，我想。

"你没听见？"

"没有。"

"但他和你说了什么。"

"说了什么？告诉我。"

就在这时，阿古斯蒂纳插进来，让我不要理会马尔塞拉，还问我是不是疯了，"明明什么都没有啊！别再和她继续这些了。我好害怕，我们去叫人来。"她正说着，突然被马尔塞拉的怒吼打断了："闭嘴！混蛋！"自以为是的特蕾用英语低声咕哝说这太过分了，然后转身去叫人。我尽力控制住场面。

"你别理这两个蠢货，马尔塞拉，他说了什么？"

"他不走，这是真的，他要继续强迫我做事，我不能拒绝他。"

"他长什么样？"

"他是个穿着教士衣服的男人。背着手，一直在笑。感觉像东方人，但身材矮小，头上抹了发蜡。他强迫我做事。"

"强迫你做什么？"

就在马尔塞拉要告诉我们那个抹了发蜡的人要强迫她做什么时，特蕾和一位老师进来了。（之后我们才知道，当时有十来个女生聚在门口听里面发生的事。）老师的出现打断了马尔塞拉。她坐到地上，嘴里说着"不"，没有睫毛的眼睛连眨都不眨。

马尔塞拉再也没有回到学校。

我决定去拜访她。找到她家住址并不难。虽然我从没去过她家所在的那个区，但很容易就找到了。我颤抖着按下门铃：在公交车上我已经准备好了要对她爸妈说的到访理由，但现在我觉得自己的行为愚蠢、可笑又牵强。

当马尔塞拉开门时，我一时语塞，不仅是惊讶于来开门的是她（我之前设想她应该像瘾君子一样缩在床上），还因为她看起来非常不一样了——戴着羊毛帽子，盖住了她差不多快秃了的头，穿着牛仔裤和大小合身的毛衣。除了还没长出来的睫毛，她看起来就是个健康正常的女孩。

她没邀请我进去。她出来并关上了门，我们两个站在街上。天有点冷，她抱紧胳膊，我的耳朵有些发烫。

"你不该来的。"她说。

"我想知道。"

"你想知道什么？我不会再去学校了，已经结束了，你忘了一切吧。"

"我想知道他强迫你做什么。"

马尔塞拉看着我，闻了闻周围的空气，之后转眼看向窗户，窗帘微微晃动。她转身回家，在关门之前对我说：

"你会知道的，他某天会告诉你的，我相信他很快就会告诉你的。"

在回程的公交车上，我感觉到昨晚在床单下用小刀在大腿上划出的伤口在颤动，不疼。我轻轻地摸着腿，但稍一用力血就喷了出来，在我天蓝色的裤子上画出了一道湿湿的细线。

我们的无肉之躯

我在正要过马路的时候看到了它。它躺在一堆垃圾里，被扔在了一棵树的树根上。我想到那些牙科学生，一群残忍愚蠢的人，趣味低俗的虐待狂，整天就想着钱。我用双手把它捧了起来，以免它散架。这个骷髅头缺了下颌骨和全部的牙齿，从这残缺程度来看，我断定是那些牙医干的。我在树旁边的垃圾里找了找，但没找到牙齿。"真遗憾！"我心想。我双手拿着骷髅头返回离这儿不到二百米远的公寓，感觉像是朝着森林里的一场异教仪式走去。

　　我把骷髅头放在了客厅的桌上。它很小。是个孩子的头骨？我对解剖和骨骼一无所知。例如，我不明白为什么骷髅头没有鼻子。当我触碰我的脸时，感觉鼻子就粘在头骨上。难道因为鼻子是软骨？我不认为是这样，尽管确实有人说软骨断的时候没有痛感，而且很容易断，就像是易碎的骨头。我又仔细地检查了骷髅头，发现上面写着一个名字和一个数字：塔蒂，1975。有好几种可能：也许是它的名字——塔蒂，生于1975年；也许它的主人是个1975年出生，名叫塔蒂的人；也可能这个数字不是一个日期，而是和某种分类有关。出于尊敬，我决定用它的属性给它命名：卡拉维拉。当我男朋友晚上下班回来时，它已经简化成"维拉"[1]了。

我男朋友直到脱了外套坐在沙发上才看到它，他是个漫不经心的人。

他看到时吃了一惊，但并没起身。他很懒，现在越来越胖了。我不喜欢胖子。

"这是什么？是真的吗？"

"当然是真的，"我对他说，"我在街上捡到的，是个骷髅头。"

他朝我大喊大叫："你为什么带这个回来？你在哪儿捡的？"我觉得他的反应有点夸张，就让他小点儿声。我尽力平静地和他解释，说我是在街上发现它的，它被丢弃在树下。无视它，把它丢在那儿不管可不太好。

"你疯了。"

"可能是。"我答道，然后拿着维拉回了房间。

我知道他等了一会儿，看我是否会出来给他做饭。他不该再吃了——他现在越来越胖，大腿都能互相摩擦到了，如果穿上女

1.西班牙语中骷髅头为Calavera（音译"卡拉维拉"），女主将其简化后叫作Vera（音译"维拉"）。

士衬裙，大腿内侧肯定会经常磨得起皮。一个小时后，我听到他骂我，还打电话叫了一份比萨。他真够懒的，宁愿点外卖也不愿走到市中心的餐馆吃饭。其实花费都差不多。

"维拉，我不知道该拿他怎么办。"

如果它能说话的话，我想它肯定会叫我离开他。从常识来看也是如此。睡前我在床上喷了我最喜欢的香水，也给维拉的眼睛下面和侧脸喷了点儿。

明天我要去给维拉买顶假发。我把房门锁上，这样我男朋友就进不来了。

我男朋友说了一堆害怕之类的废话。他睡在了客厅，但这可不算什么牺牲，因为那张沙发床是我花钱买的——他挣得很少——质量特别好。我问他怕什么，他嘟囔了些蠢话，说我把自己和维拉关在一个房间里，还说他听见我在对维拉说话。

我赶他走，让他收拾东西离开公寓，离开我。他一脸痛苦的表情，但我不相信他。我推着他进了房间，让他收拾行李。他大叫起来，但这一次是受到了惊吓，因为他看见维拉顶着一头昂贵的金色假发——天然、光滑的金发，想必是来自乌克兰或者西伯利亚大草原上的某个村子（西伯利亚女人的头发是金色的吗？），那个被剪下辫子的女孩可能还没有找到人带她逃离贫穷的村庄。我觉得挺奇怪，居然还有贫穷的金发白人，所以就把假发买了下来。我还给维拉买了几条彩色串珠项链，很活泼。另外，我在它周围摆了几根熏香蜡烛——有些女人会把它们放在浴室或者房间里，在摇曳的小火苗和玫瑰花瓣中等待某个男人的到来，我可不这样。

他威胁我，说要叫我妈妈来。我告诉他爱怎样怎样。他看起来比以往任何时候都要胖，两边脸颊上的肉下垂得厉害，就像那不勒斯獒犬。那天晚上，在他提着行李箱、肩上背着一个背包离开后，我决定开始节食，只吃一点点。我想象着维拉美丽的躯体——如果它是完整的：月光下，在被遗忘的坟墓里，白色的骨头泛着微光；细瘦的骨头相互碰撞时，听起来如同节日里的铃声，森林中的舞蹈，死亡的舞会。他和裸露的骨头的超凡之美无关，他被肉身和无聊包裹着。我和维拉要变成轻盈的美人，游走在夜间的大地上；骨头上附着的土层多么美丽！空心的骷髅舞者，我们的无肉之躯。

节食一周后，我的身体有了变化。每当我抬起胳膊，就能看到肋骨凸起，尽管不是很明显。我梦想着有一天，当我坐在木地板上时，着地的是骨头而不是屁股，骨头将穿过皮肉，从里面刺破皮肤，在地板上留下血迹。

我给维拉买了一些用来装饰圣诞树的彩灯。我不想继续看它没有眼睛，或者说不想看它死气沉沉的眼睛，便决定将发亮的小灯放在它凹陷的眼眶里。灯是彩色的，可以变换颜色，所以维拉的眼睛可能今天是红色，明天是绿色，后天又变成了蓝色。我在床上端详着维拉的装扮效果，突然听到钥匙开公寓门的声音。是我妈妈，现在只有她有我公寓的钥匙，因为我逼着肥胖的前男友将他手里的那把还给我了。我起身迎她进来。我给她沏了茶，坐下和她一起喝。"你变瘦了。"她对我说。"因为分手的焦虑。"我回答。我们陷入了沉默。最后她说道：

"帕特里西奥对我说你有点奇怪。"

"哪里奇怪？拜托，妈妈，他编这些是因为我把他赶了出去。"

"他说你迷恋一个骷髅头。"

　　我笑了。

"他真是疯了。我和朋友们正在为万圣节准备恐怖服装和鬼屋，就是为了好玩儿。我没时间去买服装，所以就做了一个伏都教的祭坛装饰。为了营造气氛，我还打算去买一些其他的小东西，黑色的蜡烛啊，水晶球啊。你明白了吗？我们就是想在家里搞个聚会。"

　　我不确定她明白了多少，但她觉得这是件合理的蠢事。她想看看维拉，我拿来给她看。见我把维拉放在房间里，她吓了一跳，但她完全相信这是为了营造聚会的气氛——尽管我这辈子从没组织过任何聚会，也讨厌过生日。她也相信了我的谎言，认定帕特里西奥是在恶意报复。

她安心地走了，一段时间内不会再来。真好，我想一个人待着，因为我正苦恼于维拉的残缺。它不能再这样没有牙齿、没有胳膊、没有脊椎了。很显然，我不可能找到它其余部分的骨头。我得学习解剖学，弄清楚它缺失的骨头——全部骨头——的名字和形状。在哪儿能找到它们呢？我不能对坟墓乱来。真不知道该如何是好。我爸爸说过，墓地里的公用墓穴是暴露在外面的，就像一个骨头池子，但我觉得现在应该不在了。即使还在，会没有人看守吗？他告诉过我，医学院的学生以前会去那儿找骷髅用于研究。他们现在从哪儿弄到研究用的骷髅呢？难道是用塑料的复制品？我觉得扛着一副人骨架走在街上不太现实。如果我真找到了，我要把骨头装在帕特里西奥留下的大背包里搬运回来，那是当他还很瘦的时候，我们露营用的背包。尸骨就在我们脚下，问题是怎么打出深深的洞，通到埋在下面的尸体。我得往下挖，用铁锹，或者用手，就像狗一样——它们总是能找到骨头，总是知道骨头被藏在哪儿，被抛弃在哪儿，被遗忘在哪儿。

邻居家的院子

保拉看着自己的双手,她刚把几大箱子书推进来,手掌上留下了红肿的印子。米格尔付钱给搬家的工人并送走了他们。保拉又累又饿,但她喜欢这栋房子。他们非常幸运,房租不贵,并且有三个房间:一个可以作为书房,另一个当卧室,第三个房间也许可以留作客房。前一个房客在院子里种了些素净好看的植物——一棵大仙人掌,一株高大茂密的藤蔓,枝叶呈现出奇异的深绿色。最棒的是房子有露台,上面放有烤架,空间也宽敞,如果房东不反对的话,可以在那里搭一个烧烤棚。保拉认为房东对她设想中的这些合理改造应该不会有异议。一方面,她觉得房东是个非常和蔼包容的人("合同里写着不能养宠物,但这不是硬性要求,我也喜欢小动物");另一方面,她觉得房东急于出租:单凭一份米格尔父母的担保就同意把房子租给他们——通常房主都会要求两份担保——而且不介意他们俩只靠一份工资交房租(工资也是米格尔的,因为保拉失业一段时间了)。也许房东需要钱,或者希望有人住进来,以免房子因无人打理而破败。

房东这种态度让米格尔有点不放心，在签合同之前，他又去看了一次房子。没发现什么好担忧的地方：浴室一切良好，就是需要换一下浴帘，因为原来的有些发霉；房子很亮堂，虽然朝向街道，但一点也不嘈杂；这栋平房所在的区非常安静，但又不失生气，街上有很多小商贩，街角还有家简朴的酒吧。米格尔不得不承认自己有些偏执。保拉从一开始就对房子和房东很放心。她已经想好了如何布置书和书桌，打算在院子里学习。她会买张舒服的扶手椅放在院子里，以后可以坐在那里喝喝咖啡，看看材料。她计划着完成学业，想在一年内通过剩下的三门考试，之后重回工作岗位。她生平第一次为自己制定了时间表，构想未来几个月的日程，觉得在这栋房子里完成这个任务再合适不过了。

他们拆开纸箱子，把书堆成一摞摞的，直到房子里一片狼藉。然后他们打电话叫了个比萨，在院子里边听收音机边吃。米格尔特别讨厌在新家的头几天，既没电视信号也没网络，一想到在一切就绪前的接下来几周里要做那么多杂七杂八的事，他的坏脾气就要冒出来了。但他现在累得没空烦恼这些，抽完一支烟，就躺在没有床单的床垫上睡着了。保拉没有睡，她拿着收音机去了露台，在星空下听了会儿音乐。她能近距离地看到大街上的高楼；她认为几年后，像她家这样的房子——她已经把这儿当成自己家了——

会被买下来，推倒后建成高楼：这个区还没受到波及，但这只是早晚的事。这里离市中心不太远，附近有一个地铁站，是有名的幽静地带。她要趁这里还未受城市其他部分影响之前，好好地享受这一切。

露台边有一圈矮墙，还围着高高的铁丝网——房东肯定在这儿养过一条狗，所以她才会说自己喜欢小动物，铁丝网就是用来防止狗跑出去的。然而，在一个角落里，铁丝网坏了。从那儿探头出去能看到邻居家院子的一角，有四五块红色的地砖。她下楼，找了张睡觉时可以盖的薄毯子：晚上变得有点凉了。

保拉被重重的敲门声惊醒，还以为是在做噩梦。敲门声让房子都颤了起来，听起来像是有双巨大的手，野兽的爪子，巨人的拳头，在猛击大门。保拉在床上坐了起来，感觉脸上发烫，汗湿了后颈。在黑暗中，这敲击声听起来像某个东西马上就要破门而入。她打开灯。米格尔还在睡觉！真是难以置信：他不会是病了或是昏过去了吧。她猛地把他摇醒，这时敲门声却消失了。

"怎么了？"

"你没听见？"

"发生了什么，保拉？你怎么哭了？怎么了？"

"不敢相信你居然没醒。你没听见敲门声吗？有人要闯进来了！"

"临街的大门？我去看看。"

"不要去！"

保拉喊道，像受惊的动物一样发出一阵吼叫。米格尔背过身去穿裤子，对她说：

"冷静点儿，别这样。"

保拉咬紧牙关，却咬到了舌头，开始哭了起来。他又在用那种眼神看她，她很清楚接下来要发生什么：一开始他会很不耐烦，之后变得过于宽厚、善解人意；很快，米格尔会做出她最痛恨的事——把她当作疯子一样对待。她想道：杀了他吧。如果要闯进来的是个持有武器的歹徒，如果他因为不相信我，一意孤行地打开门，那就让歹徒杀了他吧，我自己独享这栋房子更好，我受够了。但保拉还是起身追在米格尔身后，求他千万不要开门。他在她的眼神里看到了什么，他相信了她。

"我们从露台上看看，从那里能看到街上。"

"露台上全是铁丝网。"

"我知道，但那铁丝网已经不结实了，很容易就能拆掉。"

铁丝网基本上已经脱落，米格尔轻而易举就拆掉了。他很有把握地探出头。人行道上一个人都没有。路灯照亮着大门，没什么可疑的。整个街区都很亮。对面停着两辆车，但透过车窗能看到里面是空的。除非有人躲在后座上躺着，但是……谁会这样暗中监视他们呢？

"我们回床上吧。"米格尔说。

保拉哭泣着跟在他身后。她仍然有些生气，但心里也宽慰了不少。想到自己做了一个如此生动的梦，她甚至高兴起来——如果真的是梦的话。米格尔什么也没说就躺下了：他不想说什么，也不想争论。她对此很感激。

第二天早上，半夜的敲门声似乎已经很遥远了，保拉只好作罢，就当那只是噩梦中发生的事。幸好当她起床时米格尔已经去上班了，这样她就不用面对他，不用提及昨晚听到的声音，也不用忍受他那张阴郁的脸了。真不公平。因为她像很多人一样有些抑郁的症状，在服用药物——剂量很小，米格尔就认为她病了。发现丈夫如此心存偏见，她最初感到很惊讶，然而在过去的一年里事实已经很明显了：在她患抑郁症初期，他坚持把她从床上拉起来，让她出去跑步或者去健身房，还让她打开窗户，去见见朋友。当保拉要去咨询精神科医生时，米格尔暴怒，说这些骗子她一个都别想见，"和他们有什么可说的？难道你不信任我吗？"他甚至对她说也许他们需要生个孩子，还提到了受孕生理钟以及一堆其他的奇怪想法。那时候她对这些话并不在意，但当她病情有所好转时，她开始为此感到烦恼和担忧，甚至不得不思考自己是否还愿意继续和米格尔生活在一起。他从没表现出其他的成见，唯独对精神科医生、精神问题和疯癫有偏见。不久前他们谈到这个话题时，米格尔承认，他认为除了那些重病，所有的情绪问题都可以靠意志改善。

"真是无稽之谈，"她对他说，"难道你认为一个强迫症患者能靠自己停下来吗？比如说，停止强迫性地反复洗手。"

米格尔似乎就是这样认为的。只要有足够的意愿，酒鬼能戒掉酒，厌食症患者也能恢复饮食。米格尔看着地板对她说，他很难接受她去看精神科医生并吃药，因为他觉得那一点用都没有，她完全可以靠自己挺过来，而工作出问题后她感到有些难过也是正常的。

"但我不仅仅是难过，米格尔。"她冷淡而羞愧地回答道，她对他的无知感到羞愧，但还是打算容忍下去。

"我知道。我知道。"他说。

保拉知道她婆婆已经和米格尔谈过了，更准确地说是训了他几句。婆婆是个讨人喜欢的人，她很喜欢保拉。

"小保拉，我真不知道我儿子怎么会这么愚昧无知。"婆婆一边喝咖啡一边对她说，"在我们家，没人这样想。就算我们家没有人接受治疗，那也只是多亏了上帝保佑，没有这个需要。不过我这呆笨的儿子可能需要治治。你就原谅他吧，孩子。"

现在她在等她的婆婆莫妮卡，她应该会带小猫艾丽过来。他们定好了在大搬家后的第二天再把它带来，这样就不会影响到它，或是让它特别紧张。保拉在厨房里把砂锅、盘子和平底锅都归置好后，婆婆正好带着小猫来了。她为婆婆准备了咖啡。小猫在新家里嗅来嗅去，两腿夹着尾巴，有些惊慌。

"房子真漂亮。"婆婆说道，"这么宽敞明亮，你们真是太幸运了。在布宜诺斯艾利斯几乎不可能租到这样的房子。"

她想看看院子，说下次一定要带些小盆植物来。她喜欢那个露台，还说等他们一切收拾妥当后，她会带肉过来举行户外烧烤。她吻了保拉和小猫就走了，留下一小把小苍兰作为礼物。保拉很喜欢她的婆婆：来做客从来不留宿；从不评价什么，除非有人征求她的意见；既能适时提供帮助又不过分表现。

自从看过了露台，保拉就一直在为艾丽担心。尽管它已经被绝育，并且肯定不会跑远，但指不定会想尝试生平第一次屋顶探险——之前它只住过公寓。没什么可做的：她解决不了这个问题。

就算是铁丝网也挡不住小猫，反而有助于它攀爬。天气很热，保拉爬上露台，无心学习。她坐在矮墙上，看见邻居家院子里跑过一只短毛大灰猫。是艾丽的男朋友，她想。她很高兴有个养猫的邻居，可以给她推荐这个区最好的兽医，如果艾丽跑了，还可以帮着找找。

那天晚上，米格尔依然没提敲门声，她很感激。他们吃了从熟食店买来的非常美味的扁豆，然后很早就去睡了。米格尔累了，所以很快就睡着了。保拉就没那么容易入睡了。她在听艾丽的声音。它还没安静下来，在家里跑来跑去，用爪子抓箱子，爬上厨房里的篮筐。她在等敲门声。为避免在黑暗中无法入睡，她让院子里的灯亮着，光亮照进了卧室。敲门声没再出现。

然而，凌晨的某个时候，保拉看见了一个人影，很小，就坐在床脚。她以为是艾丽，但如果是一只猫的话又太大了。她只能隐约看见一个黑影，像是一个小孩，但没有头发，光秃秃的头部轮廓清晰可见。他看起来非常瘦小。保拉从床上坐起来，更多的是出于好奇而非害怕。就在她起身的时候，这个酷似小孩的黑影跑了出去，但跑的速度对人来说又太快了。保拉不愿多想，她确定是艾丽，因为这影子跑起来像只猫。她想：是艾丽，我半睡半醒的，没意识到自己还未完全清醒，以为看到了精灵小矮人，真可笑。她知道自己很难再入睡了，所以吃了一片药，然后就什么都不知道了。这一觉睡了很久，她直到上午才醒来。

过了些天，部分箱子和篮筐逐渐被归置好，敲门声和那个小矮人猫都没再出现。保拉确信是因为搬家的压力：她曾在哪里读到，在最令人有压力的几种情况中，搬家排第三，只位列服丧和被解雇之后。两年来，这三种情况她都经历过了：父亲过世，自己被解雇，还有搬家。她那个愚昧的丈夫认为这些都能靠意志克服。有时候她真是瞧不起他。在新家安静的下午，她继续整理、打扫和学习，偶尔会想要离开他，但在那之前，她得先重新理顺自己的生活。首先要获得社会学学位。她一个做民意调查的朋友已经允诺，她毕业以后就可以去他的咨询公司工作。当然，提前去工作也不是不可以，但保拉知道自己还没准备好。下一年差不多可以开始工作了，如果事情依然没有好转，那他们之间就结束了。

她甚至认为米格尔会松一口气：他们至少一年没有性生活了。米格尔似乎觉得这没什么，她当然也没有欲望。他们平静地生活着，但不是很和谐。保拉想，这需要时间；也许一年后他们会恢复性生活，又或者最后成为朋友，不再是真正的夫妻；这样一来事情就会轻松很多，他们可以继续住在一起，像很多还有感情但已不那么相爱的情侣那样。当务之急是完成学业——只有三科,她读了一些材料,到目前为止对她来说还不算太复杂。

看到他时,她刚放下一份复印材料,暂时休息一会儿,把洗干净的衣服晾在露台的绳子上。艾丽在阳光下睡觉,它对附近人家的屋顶一点兴趣都没有,保拉对此很庆幸。她偷偷看着邻居家的院子,只能看到五六块地砖,老旧的红色地砖,像殖民时期老宅子里的那种;她在搜寻那只灰猫,自从那次以后她再也没看到过它。它死了吗?也没听到它的声音。隔壁的邻居是个戴眼镜的独居男人。他的作息时间非常奇怪且难以捉摸。他打招呼时很有礼貌,但不怎么友善。她没看到那只猫,但当她回到湿衣服那儿时,她察觉到邻居家的院子里有东西在动。不是那只猫:是一条腿,一条小孩子的腿,赤裸着,脚踝上拴着锁链。保拉深吸一口气,头又往外探出一点,几乎要从露台上掉下去。毫无疑问,那就是条腿,现在她能看到一部分身体,可以确认是个小男孩,不是个大人;一个非常瘦弱,全身赤裸的男孩;她甚至能看到他的生殖器。他皮肤脏脏的,满是灰色的污垢。保拉不知道是该叫他,还是该马上下去,或者是报警……之前她从未看到过院子里有锁链——当然她也不是每天都暗中监视邻居家的院子——也从未在露台上听到男孩的声音。

为了不惊扰到囚禁男孩的人，保拉唤了几声，装作是在招呼她的猫。这时下面那个瘦小的身躯动了动，移出了她的视线范围。然而，她看到锁链还在那五六块砖的位置上，一动不动，仿佛那个男孩在聚精会神地等着她的下一声呼喊，他紧张不已，无处可逃。保拉手托着脸颊，她知道这种情况下要做什么。她曾做过很长时间的社会福利工作者，但自从一年前发生那件事之后——在她被认定失职并遭解雇之后，她再也不想管那些迷失的或受到伤害的孩子了。她跑下楼梯，没来得及跑到卫生间，就吐在了客厅里，弄脏了一个装书的纸箱子。她坐在地上哭了起来，披散着几近垂到地上的湿头发。小猫歪着头看着她，又圆又绿的眼睛里满是好奇。

她想：这就是几周前的某个晚上出现在我床脚的那个男孩，就是他。他来做什么？莫非囚禁他的人有时候会放他出来？我又该怎么做呢？她先打扫了呕吐的污物，把书从纸箱子里拿出来，把有气味的纸箱子扔进了垃圾桶。之后她回到露台，探头看向邻居家的院子。锁链还在原地，但男孩的位置有了一点变化，可以看到他的一只脚。毫无疑问那是人的脚，而且是个小孩的脚。应该打电话给未成年人保护部门，或者找警察——有许多选择，但她想先让米格尔看到。她想让他知道，想让他帮忙：她觉得，如果米格尔能和她并肩作战，两个人一起为那个男孩做点什么，也许他们还能找回一些曾经有过的感觉。那些年，每到周末他们就会驱车四处游玩，去外省一些偏远的村子，只为吃上一顿美味的烧烤，给老房子拍拍照；或者周日抽着他哥哥种的、用蜂蜜加工过的大麻，在地上的床垫上做爱。

保拉决定见机行事。搬来差不多一个月了，这是她第一次看到那个男孩。她决定先不带米格尔冲上露台看锁链和男孩的脚，因为被拴住的男孩可能会换地方，这样就看不到了，她不想让米格尔有任何怀疑。她打算先告诉米格尔这事，然后他们一起去露台上看看。她差点就要给他打电话了，但还是忍住了。她又往露台上跑了几趟，每次都能看到锁链或是拴着锁链的脚。她想到了自己当社会福利工作者时听到的很多关于被绑在床上、戴着铁链、被囚禁的孩子的故事。这样的案例在城市里很少见，她从来没碰到过。据说那些孩子再也没有恢复过来，一直过着担惊受怕的生活，因为内心遭受了严重的创伤，过往的经历在眼前挥之不去，他们年纪轻轻就过世了。

米格尔到家了，比平时早一些。还没等他把包放在沙发上，保拉就赶紧跟他说起了那个男孩的事。他只是一遍又一遍地问："什么？什么？"她坚持说，邻居家的院子里有一个被锁链拴着的男孩，"不，这并不奇怪，有许多这样的事，我说的不是疯话。我们走，上露台去，你看看就知道了，我们得想想该做些什么。"但当他们一起探头往邻居家的院子里偷看时，锁链已经不在那儿了，那个男孩也不在，他的腿、他的脚都不见了。保拉喊了一声，但只有艾丽出现，它欢快地喵喵叫着，以为要给它喂食了。米格尔做出了让保拉最害怕的反应。

"你疯了。"他说完便下去了。

他在厨房里把一个玻璃杯摔到了墙上。保拉进去的时候，地上满是锋利的碎玻璃片。

"你没意识到吗？"他吼道，"你没意识到这是你的幻觉吗？看看哪有被拴在院子里的男孩！很明显，这都是因为你的工作，你还是满脑子都是工作。"

保拉也大喊起来，但她听不清自己喊的是什么，大概是在辱骂和辩解。米格尔走了出去，把门大敞着。她本想去拦下他，但她突然镇定了下来。为什么要表现得像个疯子呢？为什么非要和米格尔讲道理呢？他毫无理由地不相信她，也许是因为他也有离婚的想法；但她的表现像是在证明，那些关于她精神状况的争论有其合理之处。她看到邻居家的院子里有个被锁链拴着的男孩。她之前从没出现过幻觉。如果米格尔不相信她，那是他自己的问题。她又爬上露台，坐在矮墙上等着那个男孩再次出现。米格尔晚上不会回家了，她不在乎，她有要解救的人。她在一个箱子里找了个手电筒，然后回到露台坐下。

导致保拉被辞退的那次事件也是因压力而起，但有时候她觉得米格尔就是无法体谅她。他似乎和那些解雇她的人一样，把她看成了一个混蛋，而她有时候也会这样看自己。那个星期从一开始就很糟糕。保拉是南边一家儿童收容所的负责人。收容所在一栋非常小的房子里，有一个潮湿的游戏室——基本上没有玩具，一台电视机是唯一的娱乐设备；一间厨房；一个摆着三张上下铺的房间，一共只有六个床位。这样很好，小孩子太多可不好照顾。周五总是难熬的一天，那天晚上，她太累了，睡得很沉。收容所的人打电话找她，叫她赶紧过去，出了严重的问题。她半睡半醒地开车过去后，恍惚中看到了不可思议的景象。收容所中一个大约六岁的男孩吸毒吸得神志不清了。他是前一天到的，身上应该带着毒品，当时她不在，没人给他仔细检查。男孩得了腹泻，在电视机前大便，把整个游戏室弄得臭气熏天。两个监管员中有一个很愚蠢，想把这个男孩赶出去。她说按照规定，他们没有能力照顾有毒瘾的孩子。另一个监管员和她吵了起来，说这样做非常残忍。最后两人情绪失控，差点动起手来。与此同时，那个男孩在床上口吐白沫，大便弄脏了床单。保拉赶到以后不得不大声喊叫着告诉两个监管员该怎么做，之后她又帮她们打扫，保洁员第二天才能来。男孩被送走了，那个想把他赶走的监管员也被调走了。但这一行通常要过很久才能找到接替者。保拉决定暂时负责工作，直至新人到来：每天值班十二个小时，与另一个监管员和一个代班的人轮班，代班的是个很热心的小伙子，叫安德烈斯。

周三时，一个男孩从厨房的窗户爬上屋顶跑了。他们中午才发现，不知道他跑了有多久。保拉清晰地记得，想到那个男孩的处境时她从头到脚都在打战：他又回到了大街上，穿梭在来往的车流中，偷人家吃剩的汉堡包；他在公交车站附近晃悠，在卫生间里进行性交易；他知道这座城市的所有犄角旮旯，甚至包括小偷们聚集的窝点。那个男孩虽然只有七岁，却老成得像个战后老兵——但比老兵要糟，因为他没有什么可引以为豪。他说话口音很重，只有其他孩子和一些经验比她丰富的社工才能听懂。

就在那天晚上，那个男孩出现在了医院。接到通知时，她正在21号街区附近巡逻，那里有一群十二岁的吸毒成瘾的女孩，她们会爬上卡车，向那些司机卖淫，只为赚钱买一剂毒品。那个男孩吸毒之后精神亢奋，被一辆车轧过，进了医院。但他没什么事，甚至连一根骨头都没断，只是有点皮外伤。保拉没去看他，是安德烈斯去的。那个男孩也被送走了。保拉开始觉得自己无法再继续工作，这些孩子总是从她的手中逃走。第二天来了个五岁的小女孩，他们在街上发现她时，她又脏又累，和不是她父母的一男一女在一起。小女孩将留在收容所，直到找到她亲生父母，或是有其他裁决下来。这个小女孩不像大多数来收容所的孩子那样敏感而沉默。她看电视时会笑到肚子疼。她很爱说话，爱讲她的街头奇遇，讲她在植物园认识的一个猫男孩——一个在那里和其他动物生活在一起的男孩，他有双黄色的眼睛，能在黑暗中看见东西。她喜欢猫，所以不害怕，那个男孩是她的朋友。小女孩也讲到了她的妈妈，说妈妈把她弄丢了。她不知道家在哪里，只知道要乘火车，但不记得线路，她对车站的描述混杂了市里最大的两个车站的细节特征。保拉和她的同事们都相信，很快就能找到她的家人。

下一个周五，保拉要整晚独自待在收容所值班。米格尔最讨厌她做这些，但她向他保证，等找到来接替的新人以后她就不做了——她没说谎，她也不喜欢值夜班。那天晚上收容所里只有那个可爱的小女孩和一个大约八岁的男孩，男孩不爱说话，但表现很好。保拉十点到那儿，安德烈斯和她交接班。两个孩子都睡了。安德烈斯这一整周都过得不好——他另外还在一个夜间服务站工作，晚上得去街上巡逻，寻找孩子。他提议一起喝点啤酒，抽支大麻。保拉同意了。他们还打开了收音机。后来有人告诉她，收音机的声音很大，连邻居都能听见，但那时候她觉得音量正常，要是有人按门铃、打来电话，或者孩子醒了，她准能听到。她承认，他们就这样喝酒、说笑、聊天，一直持续了好几个小时。那时她不认为自己在做什么不妥的事：她知道这样不对，但又觉得在辛苦工作一周后也应该放松一下，两个同事共同度过美好的片刻。

她永远忘不了那个监管员进厨房时的眼神：她一把拔了收音机电源线，朝他们吼道："你他妈的在干什么？你们两个狗娘养的！"尤其是"狗娘养的"，如此真切，令人痛心。事情发生得太快，他们不得不在半醉半飘的状态下理解信息：他们理应受罚。一个有监管员电话号码的邻居听到了收容所里孩子的哭声，便给她打了电话。监管员感到奇怪，因为保拉在值班。她告诉了邻居，但他坚持说有个女孩在哭，而且音乐的声音非常大。音乐的事让监管员马上想到是小偷，这就有点严重了。当她到那儿时，发现确实是发生了严重的事，但并不像她之前料想的那样。那个可爱的小女孩从上铺掉了下来，摔伤了脚踝，正坐在地上号啕大哭。那个沉默的男孩在床上看着她，但并没有去求助。从厨房传来的音乐声特别大，就像是有人在那儿聚会。打开厨房门的瞬间，她感到既吃惊又生气，她从没见过保拉和安德烈斯这样：两个人笑得像傻子一样，面前放着两个空啤酒瓶，烟灰缸里有一支还在冒烟的大麻。与此同时，一个从街上捡来的、信任他们的女孩坐在地上疼得大喊，至少有半个小时了。

简易诉讼启动后，这位监管员毫不留情。她出庭作证，建议解雇他们两个。她是个有经验、受人尊敬的人，他们立刻就被解雇了，没有任何申辩的机会。但他们又能怎么申辩呢？说他们压力大？那么那个在街上找不到妈妈的女孩呢？那个藏在火车车厢里被发现的沉默的男孩呢？他们过得好吗？米格尔总说他理解她，说那些压榨她的人很过分。他陪她去参加审讯，对她没有任何评判之言。但她知道他是怎么想的，因为这是他唯一可能有的想法：她活该被解雇。她活该被鄙视。她如此不负责任，像个恬不知耻的蠢货。

被解雇后，她就开始抑郁了。她无法从床上起来，睡不着也吃不下，不想洗澡，就是一直哭啊哭。这是典型的抑郁症状。只有一次事态比较严重：她就着酒喝下了药片，整整昏睡了两天。但就连精神科医生也认为那次意外不能算作自杀未遂，不建议她住院。医生让米格尔配合，观察她什么时间吃药，吃了多少，至少观察一段时间。米格尔做得很不情愿，仿佛那是一项很沉重、很困难的任务。保拉想：对于他来说确实是。不过他反应过度了，抑郁症虽然严重，但也很常见。米格尔像对待疯子一样对待她，其实另有原因：他不能原谅她对那个小女孩置之不理；夜晚的哭喊，摔伤的脚踝，她张着满是啤酒味的嘴哈哈大笑的样子，这些画面在他脑中挥之不去。因此，他已经不喜欢她了。因为他看到了她阴暗的一面。他不想和她做爱，不想和她生孩子，也不知道她是否还能生孩子。保拉从一个圣人，一个充满母性和忘我精神、专门帮助处境危险的孩子的社工，变成了一名残酷成性的公职人员，自己听着昆比亚舞曲，喝得醉醺醺的，置那些被抛弃的孩子于不顾；她变成了恐怖孤儿院里的邪恶院长。

也好，他们之间算是结束了。但她还能做点什么。她可以去解救那个被锁链拴着的男孩。她要去救他。

米格尔那晚没回来。那个男孩也没有出现，连锁链都不见了踪影。保拉坐在露台上看着下面的地砖，她从那里听到丈夫在答录机上留言说他在他妈妈家，希望她能打电话过去，他们需要谈谈，但他要过几天才能回来。保拉想，随他怎么样都无所谓。天气有点热，艾丽整个晚上都和她在一起，她搂着它睡在毛毯上，直到早上被灼热的阳光叫醒。艾丽像往常一样在早上问她要水喝，保拉打开水龙头让它喝到细细的水流。像所有的猫一样，它喜欢清凉的自来水。保拉看着这只漂亮的小黑猫举着白色的小爪子、伸着干渴的舌头，差点哭了出来。可以确定，她爱它胜过爱米格尔。

那个男孩没在院子里，但保拉听到了隔壁开门的声音，她穿过露台，看到隔壁邻居正朝大街上走去。他是男孩的爸爸吗？或者他把男孩囚禁了？不想这么多了……她做了个疯狂的决定：到邻居家去。可以从露台跳到他家院子里，她已经研究一个晚上了。得像猫一样机敏：先跳到隔墙上，再从那儿跳到院子里一个老旧的容器上——她能看到这个圆柱状金属物，是热水器吗？可能是类似的东西——这样她就能进去了。要是在那儿发现了那个男孩，她就打电话报警。

翻进院子比她想象中容易。她有个再正常不过的小心思：这说明进邻居家偷东西很容易，进她家偷东西也一样。她打算做完眼前的要紧事之后再来想这个。

从院子进入房子有两扇门可走：一扇通向客厅，另一扇通向厨房。院子里没有那个男孩的踪影，锁链也没在那儿。没有盛食物或水的容器，也没有污垢。相反，她闻到了消毒水或是漂白剂的味儿：有人冲洗过。那个男孩应该在里面，除非在她和米格尔吵架那会儿或是早上她还在睡觉时，那个男人把他带走了。傻瓜，睡懒觉误事！

她进了厨房，里面非常暗，灯打不开。她又试了其他开关，甚至院子里的那个：这房子没有电。她感到害怕。厨房里有股味道。肾上腺素使她没有完全受到这种难闻气味的影响。厨房台面和桌子上都很干净。保拉打开冰箱，没发现什么异样：蛋黄酱，一盘炸肉排，西红柿。之后她又打开了橱柜，那个气味熏得她眼泪都快出来了，嗓子里也满是苦水；她努力克制，不让自己吐出来，胃里翻江倒海。她看不太清，但也不需要看清了：柜子里装满了腐烂的肉，肉上长满了白色的蛆虫。最可怕的是，她分辨不出是什么肉：也许是普通的牛肉，那个男人有怪癖，把肉放在那里任其腐烂；也许是其他的什么。她看不出人形，实际上她什么形状也看不出来：在半明半暗的光线中，这肉仿佛死而复生了，像蘑菇一样在柜子里生长着。保拉感到恶心难忍，没关橱柜门就跑出了厨房。她知道应该回去把橱柜门关上，不留下痕迹，但她已经没力气做这些了。不管发生什么都随便吧。

房子的其他地方——前厅和两间卧室——都很暗。尽管如此，保拉依然走进了其中一间卧室，应该是那个男人的。房间没有窗户。在昏暗中她看见一张铺得整整齐齐的床，时值二月盛夏，床上还盖着一张特别厚的毯子。墙纸的图案很微妙，看起来像无数个小符号组成的一张蜘蛛网。保拉摸了一下，意外地触碰到粗糙的墙漆。她凑近看，发现那不是墙纸：墙上写满了东西，几乎没有空白的地方；字迹优美而平整，刚才她还以为是精致的图案。看不到任何连贯的句子，只能辨别出一些日期。"三月二十号，"她读道，"十二月十号。"还有些词："睡着""蓝色""理解"。她在兜里找打火机，发现没带在身上。她不想回厨房找打火机，心想等再适应一下这里的昏暗，就能看见了。但等了几分钟后，她感到汗顺着后背流了下来，头疼得越来越厉害，她怕自己会晕倒在这可怕的房子里。她就不该进来。如果她不在乎那个摔伤脚踝的漂亮小女孩——她记得女孩被抬上救护车时仇恨的眼神，女孩知道是她的错，认为她和街上的坏人没什么不同——那她为什么会在乎邻居家院子里那个她无意间瞥见的男孩呢？可以断定，他跟这样一个疯子住在一起，这辈子算是全毁了，不可能恢复过来或是回归正常的生活。如果找到他，她能做的最仁慈的事就是杀了他。

她来到客厅，这里也是整齐而空荡，但她在一张棕色的皮沙发上发现了锁链。客厅通向院子，能透进外面的光亮。她壮起胆子说话。

"你好，"她小声说道，"你在这儿吗？"

房子空间不大，并且非常安静，她知道在这里不用大声喊。她等了一会儿，但什么也没听到。她走近一个带玻璃门的书架，看到里面有一堆堆的材料。但当她打开玻璃门时，她不仅失望，还吓了一跳：全是未缴纳的账单——电费、燃气费、电话费，按照时间顺序整理在一起。没有人发现吗？没有人知道在一个中产阶级的区，有人过着这样一种生活吗？也许在那些未缴纳的单据里还有其他的材料，但保拉得抓紧时间，先去查看那些书。都是二十世纪六十年代出版的又大又重的医学书，书页光滑，配有插图。她翻看的第一本没标明类别，但第二本有，是解剖学。书里描述女性生殖器的那一页，有人用绿色圆珠笔画了一个带刺的大阴茎；子宫里有个长着灰绿色大眼睛的婴儿，不是在吮吸手指，而是用淫荡的姿势在舔。保拉不禁大声喊道："这都是些什么？"她听到大门处传来钥匙的响声，便把书扔到了地上。她感觉内裤和裤子都湿了。她拼命冲向院子，绝望地爬上水罐——我要掉下去了，我要掉下去了，我手上都是汗，我快要晕厥了。但在恐惧的驱使下她还是成功回到了露台。她跑下楼梯，用钥匙锁上了院子的门，虽然她觉得这并不能挡住邻居，他肯定会追上来，因为他肯定听到了她的声音，而且她没关上那个散发着恶臭的橱柜的门，还看到了他的图画。那儿还有其他的图画吗？墙上的那些东西是什么意思？那个男孩呢？是个男孩吗？也可能就是那个男人，有时他喜欢把自己锁在院子里？也许就是他。只是因为距离远，还有受之前做儿童工作的经历影响，她错把他当成了孩子。想到那个男孩并不存在，她松了一口气，但并没有完全放松警惕。也许那个疯子并不危险，也不介意她闯进了他的家。

但保拉无法说服自己。她记得眼角瞥到的那些画面。沙发上有个酷似假发的物体。墙上的某些字像是一种她不认识的语言，或者是某种自创的语言，又或者只是一些没有意义的字母。院子里所有的植物都已经枯萎，但土却是湿的，仿佛有人一直在为它们浇水，不愿意接受或者不明白它们已经死了。

她第一次如此强烈地恨米格尔，因为他把她一个人扔下，误解她。他懦弱，不敢直面问题，跑到他妈妈那里去了！她给这个懦夫打了电话。

"他不在。"她的婆婆说，"你还好吗，孩子？"

"不好，糟糕透了。"

一阵沉默。

"打他的手机，孩子。别担心，你会好起来的。"

她挂了电话。几个小时前，米格尔的手机就关机了。每当这时候，保拉就会想念自己的父亲。他是个难懂的人，也不亲切，但真诚勇敢，绝不会为了这么小的事就害怕或生气。她记得他是怎么照顾她因为脑瘤过世的母亲的。面对母亲的歇斯底里，父亲面不改色，却也不会对她说一切都很好。因为一切都不好，否认这个是愚蠢的。

就像现在，就要有坏事发生了，否认这个也是愚蠢的。

她想再打一次他的手机试试，但还是关机，要么就是不在服务区。这时候她听见艾丽发出一阵愤怒的低吼，之后像疯了一样喵喵叫起来。猫的嚎叫声是从卧室里传来的，保拉跑了过去。

艾丽被一个男孩抓着放在腿上。那男孩坐在床上看着她，灰绿色的眼睛里布满红血丝，眼皮是灰色的，沾着油污，像沙丁鱼一样。他身上散发出难闻的气味，充斥了整个房间。他头上光秃秃的，身体干瘦，让人难以相信这竟是个活人。他用一只相对其身体而言太大的手，不管不顾地、粗鲁地摸着小猫，另一只手抓着小猫的脖子。

"放开它！"保拉喊道。

他就是邻居家院子里的那个男孩，脚踝上有被锁链拴过的痕迹，有的地方出血了，还有的地方感染化脓了。听到她的声音，男孩笑了，她看到了他的牙。他的牙已经被磨成了三角形，像一个个箭头，又像一把小锯子。男孩迅疾地把猫拿到嘴边，用他像锯子般的牙咬住了猫的肚子。艾丽发出惨叫。男孩撕咬着猫的肚子，将鼻子乃至整个脸都埋进了猫的内脏，在它的身体里呼吸。保拉看到了小猫眼神里的痛苦，它就这样愤怒而惊讶地看着它的主人，慢慢地死去了。保拉没有跑。她什么都没做。男孩吞食着猫身体的柔软部分，直到牙被猫的脊椎硌到。他把猫的尸体扔向了墙角。

"为什么？"保拉问道，"你是谁？"

但男孩不懂她在说什么。他用两条全是骨头的腿支撑着站起来，他的生殖器大得比例不协调，他的脸上满是艾丽的血、内脏和柔软的毛。他似乎在床上找什么东西；当他找到时，他把它举向吊灯，似乎是为了让保拉看清那个东西。

是一串大门钥匙。男孩晃得钥匙叮当作响，边笑边打了个有血腥气的嗝。保拉想跑，但她双腿沉重，无法转身，有什么东西把她固定在了卧室门口，就像在噩梦里一样。但她不是在做梦，因为在梦里感觉不到疼。

黑水之下

警察趾高气扬地走了进来，双手没有戴手铐，脸上带着一丝她如此熟悉的奸笑：那种自知能逍遥法外的张狂轻蔑的态度。她见识过很多这样的人，最终被定罪的寥寥无几，有太多漏网之鱼。

"请坐，警官。"她说。

检察官办公室在二楼，窗户对着两栋楼之间的空隙，什么风景都看不见。她很早以前就申请换办公室和辖区了，她讨厌这栋百年老楼的阴暗，更讨厌办城南贫民区的案子，那些案子总是和不幸相关。

警察坐了下来，她不情愿地要了两杯咖啡。

"您很清楚为什么让您过来。您也知道您有权保持沉默。为什么不带律师来？"

"我知道怎么为自己辩护，而且我是无辜的。"

女检察官叹了口气，摆弄着手上的戒指。她经历过多少次同样的场景。有多少次，即使在证据确凿的情况下，警察依然像这样当着她的面矢口否认自己杀害过一个贫穷的少年。南部的警察不保护居民,他们从来都是这样:杀害青少年,有时是因为粗暴执法,有时是因为有些孩子拒绝为他们办事——帮他们偷窃或者售卖扣押的毒品,或者背叛了他们。他们有许多卑劣的理由来杀害贫穷的青少年。

"警官,您说的话被录音了。想听听吗?"

"我当时什么都没说。"

"您什么都没说。那么我们听听看吧。"

她打开了电脑里的语音文件。扬声器里传来这位警察的声音:"案件处理完毕,他们学会了游泳。"

"这能证明什么?"警察哼了一声,问道。

"从时间和内容来看,至少能够证明您知道有两个男孩被扔进了里亚丘埃洛河。"

皮纳特检察官调查这个案子两个月了。在此期间,她贿赂过警察好让他们开口,遭受过威胁,并且在无数个午后为法官和前几任检察官的无能而愤怒不已,最后终于通过合法渠道拿到了少有的几份相互对得上的证词,得出了案件真相的一个版本:艾玛努埃尔·洛佩斯和亚米尔·科尔巴兰,年龄都为十五岁,从宪法区跳舞回来,返回位于里亚丘埃洛河岸莫雷诺镇的家。他们没钱坐公交车,所以一路步行。34号警局的两名警察拦住了他们,说他们意图抢劫一家报刊亭：亚米尔手里拿着一把刀，但警方没有接到任何报案，无法证实他是否有作案意图。两名警察喝醉了，在河边把两个男孩揍到几近失去意识。随后，警察连推带踢地让两人沿水泥台阶向上，来到横跨里亚丘埃洛河的那座桥上的观景台，把他们推下了河。"案件处理完毕，他们学会了游泳。"通过对讲机说了这话的是奎斯塔警官，两名被告之一，也就是正坐在她办公室的这位。这个蠢货没有让人删除对话录音。她办案这些年来也习惯了警察的粗暴和愚蠢，能同时集这两点于一身真是让人难以置信。

亚米尔·科尔巴兰的尸体在离桥一公里处被发现。在这一河段，里亚丘埃洛河是静默死寂的，河水几乎不流动，河面漂浮着一层厚厚的油脂、塑料和化学垃圾，简直就是这座城市的垃圾场。尸检结果证明亚米尔曾在黑色的油污中竭力挣扎，直至胳膊再也没有力气后溺亡。警方在好几个月里都坚持说这个男孩的死是意外事件，但有一个女人在那天夜晚听到了呼喊："他们把我扔下去了，救救我，我要死了。"男孩喊叫着，慢慢淹死了。女人没有救他，她知道如果没有船的话根本救不上来，她没船，她的邻居们也都没有。

艾玛努埃尔的尸体没有出现。但是他的父母很确信地说那天晚上他和亚米尔一起出去了。他的运动鞋在岸边被找到——不可能是别人的，因为那双鞋很贵，是进口的，很有可能是他不久前偷的。他那天晚上穿上那双鞋是为了吸引舞厅里的女孩们的注意。他的母亲一眼就认出了鞋，她还说奎斯塔和苏亚雷斯警官一直在跟踪她的儿子，但是她也不知道为什么。艾玛努埃尔失踪的那周，检察官就已经在办公室盘问过她了。她哭呀哭，说她儿子是个好孩子，虽然有时确实会偷东西，偶尔还吸毒，但那都是因为他父亲离开他们走了，他们很穷，他也想拥有运动鞋、苹果手机，还有那些从电视上看到的东西。他罪不至此，不应该这样被淹死在河里，就因为两个警察想要看笑话，嘲笑他在脏臭的河水中拼命挣扎的样子。

是的，他当然不应该这样被淹死，检察官告诉那个女人。

"我没把任何人扔进河里，检察官女士。其他我没什么可说的。"

"那您看着办吧。如果您配合的话，我们可以稍微操作一下，这可能是个减刑的机会。我们想知道尸体在哪里，如果您告诉我们的话，也许可以安排您去一座小一点的监狱。"

警察笑了，他是在笑她，也是在笑那两个死去的男孩。

"您觉得，就因为这个，我会被判很多年？"

"我会努力让您一辈子都出不来。"

检察官马上就要失去耐心了。她握紧了拳头，凝视着警察的眼睛。过了片刻，警察换了个口吻，用严肃且不带一丝讽刺的声音清楚地对她说：

"我希望整个镇子都葬身火海，或者全镇人都被淹死。你们根本不知道那里到底是怎样的。你们什么都不知道。"

她还是知道一些的。玛丽娜·皮纳特从八年前开始当检察官。她去过那个小镇好几次，虽然她的工作并不要求她这么做，她完全可以和其他同事一样在写字台前办案，但她更喜欢亲眼看到那些她从卷宗里读到的人。不到一年前，她的调查帮助几户人家打赢了起诉附近一家皮革厂的官司，因为皮革厂往水里倾倒铬和其他有害的废弃物。这是一个复杂而且涉及面很广的案件：那些住在水边的家庭的孩子们在饮用了被污染的水后病倒了，孩子们的母亲把水煮沸了再喝也无济于事。有的孩子患了癌症，三个月后就死了；有的皮肤上长出可怕的疹子，手脚都溃烂了；还有一些年纪更小的孩子，出生的时候就是畸形的，多长了手臂（有的甚至长了四条手臂），鼻子像猫科动物的鼻子一样宽，眼睛是瞎的，长在太阳穴旁边。她想不起来那些不知所措的医生给这种先天缺陷取的名字，但记得有个医生把这叫作"变异"。

在那次调查中，她认识了镇上的弗朗西斯科神父，一个年轻的教区牧师,他甚至都不戴神职人员的白色硬领。他告诉她,没人去教堂。他打理着一个食堂,让那些极度贫困家庭的孩子能吃上口饭,在自己能力所及的范围内帮助他们,但是他已经放弃了任何传教的工作。信徒还是有一些的,比如那些老妇人。镇上大多数居民都信一些非裔巴西人的教派;还有些人有自己的信仰,信奉个别圣人,比如圣乔治或者圣埃斯佩迪托,在角落里为他们立小祭坛。这没什么不好的,他说,但是他已经不做弥撒了,只是偶尔在那一小群老妇人的要求下才破例。玛丽娜觉得,在他的笑容、他的大胡子、他的长头发、他酷似二十世纪七十年代革命军人的面孔后面,年轻善良的牧师已经累了,背负着一种黑暗的绝望。

警察摔门而去。检察官的秘书几分钟后来敲门,告诉她外面还有人在等。

"亲爱的,改天吧。"检察官说。她已经身心俱疲,同时怒不可遏,每次和警察谈话后都会这样。

秘书摇摇头,可怜巴巴地看着她。

"求你了,见见她吧,玛丽娜。你不知道……"

"那再见最后一个吧。"

秘书点点头,向她投去感激的目光。玛丽娜开始想晚上买什么菜做饭,或者干脆出去吃。她的车在修理厂,但是可以骑自行车去；这个季节的夜晚空气清新，美丽迷人。她想离开办公室，给朋友打电话一起去喝杯啤酒。她只希望能结束这一天，结束这个调查，希望男孩的尸体快点出现。

她正把钥匙、香烟和一些文件装进包里，准备随时离开，这时候办公室里进来了一位怀孕的少女。她瘦得可怕，不想说出自己的名字。玛丽娜从办公桌下的小冰箱里拿出一瓶可口可乐，对她说："说吧。"

"艾玛努埃尔在镇上。"女孩一边大口喝着饮料一边说。

"你怀孕几个月了？"玛丽娜指着女孩的肚子问。

"不知道。"

她当然不知道。检察官估摸着她怀孕差不多六个月了。女孩的指尖有被烟熏的痕迹，沾着可卡因烟斗上的黄色化学物。她肚子里的孩子就算能活着出生，也肯定不是生病就是畸形，或者生下来就有毒瘾。

"你是怎么认识艾玛努埃尔的？"

"我们都认识他，他家在莫雷诺镇很出名。我去了他的葬礼。艾玛努埃尔是我姐姐的半个男朋友。"

"那你的姐姐在哪里？她也认出他来了吗？"

"没有，我姐姐现在已经不住那儿了。"

"好吧。然后呢？"

"有人说艾玛努埃尔从河里出来了。"

"被扔下去的那晚出来的吗？"

"不是，所以我才来这里。是一两个星期前从河里出来的，不久前才回来。"

玛丽娜起了一身鸡皮疙瘩。女孩像嗑了药一样，瞳孔放大，眼睛在办公室昏暗的灯光下看起来全部是黑的，像食腐性昆虫的眼睛。

"'回来'是什么意思？他去过什么地方吗？"

那女孩就像看傻子一样看着她，忍着笑，嗓门变得更粗了。

"不是！他什么地方也没去。他从水里回来，之前一直待在水里。"

"你在撒谎。"

"我没有撒谎。我来告诉您是因为您必须知道这件事。艾玛努埃尔想要认识您。"

玛丽娜努力不去注意女孩扭动手指的样子：被可卡因烟斗熏成黄色的手指相互缠绕着，格外柔软，仿佛没有关节。她有没有可能是受到污水影响，天生畸形或者有缺陷的女孩之一呢？不，年龄太大了。不过那些先天畸形的人又是从什么时候开始出现的呢？

没有什么是不可能的。

"那现在艾玛努埃尔在哪里？"

"他在铁轨后面的一栋房子里，和他的朋友们住在一起。现在您可以给我钱了吗？他们说您会给我钱。"

检察官让女孩在办公室又待了一会儿，但是没能套出更多信息。女孩说，艾玛努埃尔·洛佩斯从里亚丘埃洛河中出来后，人们看到他在镇上迷宫一般的路上走着，有的人碰到他后吓得要死，赶快跑走。他们说他走得很慢，身上发出一股恶臭。他的母亲不让他进门。这一点让玛丽娜很惊讶。他钻进镇子尽头一栋废弃的房子里，废弃的火车铁轨后面有好几栋这样的房子。玛丽娜付给她钱的时候，那女孩一把从她手里抢了过去。那种急切的贪婪模样让玛丽娜安心了点，她认为女孩在撒谎。肯定是那两个凶手的警察朋友让女孩来的，或者就是他们自己派她来的，毕竟他们只是被软禁在家，而且肯定不会乖乖待着。如果其中一个男孩最后还活着的话，整个案子可能要被推翻。被控诉的那两个警察跟很多同事讲过他们是怎么折磨那些年纪轻轻的小偷，让他们在里亚丘埃洛河里"游泳"的。在长达数月的周旋并支付了大笔开口费后，她才终于让其中一些同事把这些聊天内容，还有他们两个吹过的牛说了出来。罪行得到了证实，但是如果其中一个死者还活着的话，他们的罪责就会减轻，让案件蒙上一层可疑的阴影。

那天晚上，玛丽娜在一家新开的餐馆匆匆吃了一顿让人没有任何食欲的晚餐，焦虑不安地回到了公寓。餐馆的口碑很好，但是服务差劲极了。理智告诉她，那个怀孕的女孩只是想要钱，但那谎言里隐藏着某种让人莫名感到真实的东西，就像一个逼真的噩梦。她睡得很不好，一直想着那个死去却又活着的男孩用手触碰河岸的样子，想着那个幽灵泳者在被杀害几个月后又回来了。她梦见男孩从水里出来，抖落身上的泥垢时，手指从两只手上一根根掉落下来。她惊醒过来，鼻子闻到一阵阵腐肉的味道，顿时感到惊恐不已，害怕会在床单上发现那些肿胀腐烂的手指。

她一直等到早上才给镇上的人打电话——和艾玛努埃尔的母亲，和弗朗西斯科神父。没人接她的电话。这也并不奇怪，连城里的手机信号都不好，更别说镇上了。当她发现牧师的食堂和紧急救护室都没人接电话的时候，她开始觉得不对劲了。这确实挺奇怪的，这两个地方用的是固定电话，难道上次下暴雨时通信断了？

她一整天都在继续尝试打电话，但是一直打不通。她跟秘书说她头痛，还说要阅读卷宗。向来对她言听计从的秘书把所有的会议和会面都取消了。她度过了一个没有工作安排打扰的下午。

那天晚上在做意大利面的时候，她决定第二天去镇上一趟。

这个位于城市南部的小镇和她上次来的时候相比没有一点变化，那条一直延伸到莫雷诺桥的荒凉大道也依然如故。在那里，布宜诺斯艾利斯渐渐消失，被倒闭的商铺、为防止房子被人强占而封上的窗户，以及二十世纪七十年代的建筑顶上生锈的广告牌占领。镇上只剩下服装店、可疑的肉店和教堂。她记得教堂的门原来总是关着，此刻当她坐出租车经过的时候，发现门仍旧关着，但是为了安全起见又加了一把锁。她知道，这条大马路是个死亡地带，是整个小镇最荒无人烟的地方。在那些面具般的外墙后面，住着这个城市的穷人。成千上万的人在里亚丘埃洛河两岸的空地上盖起了房子，有摇摇欲坠的铁皮小屋，也有用水泥和砖块盖的看上去不错的公寓楼。从桥上可以看到这个小镇的全貌：它沿河而建，紧临黑色静谧的河水，和远处废弃的工厂的烟囱一起消失在河道拐弯处。很多年前也有人说过要清理里亚丘埃洛河。它是拉普拉塔河的一支，穿过城市，向南边流去。百年来，它成为各种废弃物——尤其是牛的尸体和排泄物——的排放地点。每次来到里亚丘埃洛河边，玛丽娜都会想起父亲给她讲的那些故事。她父亲在河边的冷库工作过很短一段时间。父亲说人们把肉和骨头残渣，还有牛从田里带回来的污泥、粪便、吃剩的牧草，统统扔进河里。

"水都变红了，"他说，"让人感到害怕。"

他还解释说如果有一点风的话，里亚丘埃洛河里沉滞腐朽的气味就会伴着城市里持续的潮气，在空气中飘上好几天。这是因为水里缺氧。缺氧症，他说。有机物可以消耗掉液体里的氧，他用化学老师那种夸张的表情解释道。她从来不懂那些公式，但是她的父亲却觉得很简单，并为此着迷。虽然不懂，但她还是记住了这片围绕着城市的黑水实际上是一潭死水，一潭渐渐腐烂的死水：它不能呼吸。专家们言之凿凿地说，这是世界上污染最严重的河流。这条围绕着首都布宜诺斯艾利斯的河流，本可以成为一道美丽的风景，其实根本没必要污染它，人们几乎是故意这样做的。

想到莫雷诺镇的那些房子建在河的两岸，玛丽娜感到非常难过。只有走投无路的人才会住在那里，与那危险且不怀好意的恶臭为邻。

"我只能开到这里，女士。"

出租车司机的声音吓了她一跳。

"离我要去的地方还有三百米。"她努力不让声音颤抖，用与律师和警察说话时一样疏离的嗓音，干巴巴地回答道。

司机摇了摇头，把车熄了火。

"您不能强迫我开到镇子里。请在这儿下车。您一个人进去吗？"

司机听起来一副吓坏了的样子，确确实实吓坏了的样子。是的，她说。她也曾试图说服受害男孩的律师陪她前往，但是他有些刻不容缓的急事要忙。"你疯了，玛丽娜，"他这样对她说，"明天我陪你去，今天不行。"但她已经昏了头，经历过那么多事，还有什么好害怕的？她去过那里很多次了。光天化日的，而且很多人都认识她：没人敢碰她的。

她威胁司机要去出租车公司投诉他：竟然让一个司法机构的公务员下车步行，而且还是在那种地方，他会吃不了兜着走的。但是司机一动不动。她早就料到了司机不会有任何反应。除非出于必要，否则没有人愿意走进莫雷诺镇。那是个危险的地方。她没穿在办公室和法庭常穿的定制小西装，而是选了条牛仔裤和一件深色T恤衫，口袋里除了回去的车钱和手机什么都没有。带手机一方面是为了在镇上和人联络，另一方面也是怕万一有人打劫，可以有点值钱的东西给他们。还有枪，当然了，她有持枪许可。她谨慎地把枪藏在了T恤衫下，但从背后还是能看到枪托和枪管的轮廓。

她本来可以从桥左边的路堤下去，然后进入小镇。堤岸旁有一幢废弃的楼房，上面贴着印有按摩、塔罗牌、财会和贷款广告的旧海报。真奇怪，居然没有人去占用这栋楼，而是任由它被潮气腐蚀。但是她决定先上桥，她想看看、摸摸那个地方，那两个被警察杀害的男孩，艾玛努埃尔和亚米尔最后出现的地方。

水泥台阶很脏，散发着一股尿骚味和被丢弃的食物的气味，但她几乎是跑着上去的。四十岁的玛丽娜·皮纳特很健美，她坚持每天晨跑。在法庭工作的人曾低声议论，说她到了这个年纪依然"保养得很好"。她厌恶这些人的窃窃私语，这于她而言不是赞美，而是侮辱：她想要的不是变漂亮，而是变得强健有力。

她来到了两个男孩被扔下去的平台，茫然地望着黑色的死水。她难以想象从那上面掉进静默的水中会怎样，她也不明白明明不时有车从背后开过，为什么却一个目击者都没有。

她从平台上下来，沿着废弃楼房旁的路堤走着。她一踏上穿过镇子的马路，立马感受到一种令人不安的寂静。镇子被一种恐怖的寂静包围。没有任何一个小镇会这样安静。任何一个小镇，甚至眼前这个都不该如此安静。这个连最理想主义或者最天真的社工都不敢进入的小镇已被国家抛弃，成了逃犯的天堂。但是哪怕在这样一个充满危险、人们避之不及的地方，曾经也能听到许多悦耳的声音。过去一直都是这样，不同的音乐混杂在一起：缓慢性感的贫民窟昆比亚舞曲的声音，融合了刺耳的雷鬼音乐和加勒比音乐的节奏；歌词浪漫，有时情感过于激烈的圣菲昆比亚舞曲的声音；排气管被卸掉的摩托车在发动时发出的低吼；人们来来往往、买东西、走路、说话的声音。还有永远不会少的烤肉架，上面烤着香肠、牛心串和烤鸡。镇上到处是熙熙攘攘的人群，跑来跑去的孩子们，戴着棒球帽、喝着啤酒的年轻人，还有狗。

而现在，莫雷诺镇却和里亚丘埃洛河里的死水一样死气沉沉。

玛丽娜从裤子后面的口袋里拿出手机时，她觉得有人正从黑暗的巷子里，透过电线和晾晒着的衣服看着她。所有的百叶窗都是合起来的，至少在这条沿河的马路上是如此。刚下过雨，她尽量不踩到水坑里，以免走路时沾上泥浆——她每次打电话的时候都很难站稳。

弗朗西斯科神父没接电话，艾玛努埃尔的妈妈也没接。她觉得应该可以自己找到小教堂，她记得路。小教堂在镇子口，和大多数其他教区教堂一样。在去往小教堂的一条短短的路上，她惊讶地发现这里竟然完全看不到大家普遍供奉的圣人的影子，比如高乔人西尔、海神叶曼哈[1]，甚至连人们通常会设小祭坛来供奉的圣母都没有。

---

[1] 非洲海洋女神，孕妇的守护者。南美洲一些地区也信奉这位圣人。

她认出了街角一幢被涂成黄色的房子，知道自己没有迷路，这让她终于平静下来。但是在她拐过街角之前，她听到了轻轻的脚步声——有人在后面跟着她。她转过身去，发现是那些畸形儿中的一个。她马上认出了他——她怎么能不认识呢？随着时间的流逝，那张婴儿时期便无比丑陋的脸现在变得更加可怖了：鼻子很宽，像猫科动物的鼻子一样；眼睛分得很开，在太阳穴旁边。大概是为了叫她吧，男孩张开了嘴巴：他没有牙齿。

　　他有着八九岁孩子的个头，但一颗牙齿也没有。

　　男孩向她走来。当他靠近时，她看到了他其他部位的畸形：他的手指像章鱼肢端一样细（或者说是章鱼腿？她从来不确定该怎么叫它们），上面还有吸盘。男孩没有在她身边停下，而是继续向前，一直走到小教堂才停下，好像在给她带路。

　　小教堂一副已经废弃了的样子。教堂的房子从前是白色的，毫不起眼，只有通过屋顶上的金属十字架才能看出这是座教堂。现在房子还是和以前一样，只不过有人把它刷成了黄色，还用黄色和白色的花做了一个花环装饰，那些花从远处看像是小雏菊。但是教堂的外墙现在已经没有那么干净了，满是涂鸦。玛丽娜走近一看，发现都是些字母，但并不成词，没有任何意义：YAINGNG AHYOGSOTHOTHHEELGEBFAITHRODOG。她发现每处涂鸦里字母的排列顺序都是一样的，但是这对她来说仍旧没有任何意义。畸形的男孩打开教堂门，玛丽娜调整了一下枪的位置，把它放在腰侧，然后走了进去。

房子现在已经不是教堂了。虽然里面从来也没有过木头长凳和正经的圣坛，只有几把椅子和一张供弗朗西斯科神父偶尔做弥撒用的桌子，但是现在房子里面完全空了，墙上满是涂鸦，上面写着和外墙上一样的字母：YAINGNGAHYOGSOTHOTHHEELGE BFAITHRODOG。十字架不见了，耶稣圣心像和卢汉圣母的画像也不见了。

圣坛的位置有一根棍子，插在一个普通的金属花盆里，棍子上穿着一只牛头。玛丽娜意识到这只牛头就是他们的神。这尊神像应该是刚刚被放上去的，因为教堂里闻不到腐肉的臭味。牛头是新鲜的。

"你不应该来的。"她听到了牧师的声音。在她进来后，牧师也进来了。看到牧师，她确信有些事情非常不对劲。牧师一脸憔悴，身上脏兮兮的，胡子拉碴，头发油得像刚被水冲过一样。但是最让人惊讶的是，他醉醺醺的，一身酒气。他走进教堂的时候就像把一瓶威士忌打翻在了脏兮兮的地上似的。

"你不应该来的。"他又说了一遍，然后一个趔趄滑了一跤。

这时玛丽娜才看到从门口到牛头之间的地上洒了一滴滴的鲜血。

"这是什么，弗朗西斯科？"

牧师还没来得及回答，站在教堂角落的畸形男孩说道：

"死人在家里，在梦中等着。"

"这些弱智只会说这个！"牧师喊道。玛丽娜原本已伸出手想把他从地上扶起来，听到他这么一喊，她往后退了一步。"肮脏的臭弱智！他们让那个怀孕的贱人去见你，你就这么轻易被她说服，跑过来了？我还以为你不会那么傻。"

玛丽娜听到远处有鼓声，她松了口气，是街头乐队。已经是二月份了，这个时候当然会有乐队。人们去参加狂欢节的乐队排练，或者已经在铁路旁的足球场庆祝起来了。

（"他在铁轨后面的一栋房子里，和他的朋友们住在一起。"——牧师是怎么知道怀孕女孩的事的？）

肯定是街头乐队，她很确定。小镇里有一支传统乐队，每次都参加狂欢节庆祝活动。现在这个时候还有点早，但也是可能的。牛头应该是镇上的毒贩子送的"小礼物"，用来恐吓弗朗西斯科神父，因为他一直举报他们，并且总是劝小年轻们戒毒，让他们流失了客户和雇员。

"你应该离开这儿，弗朗西斯科。"她说。

牧师笑了。

"我试过,我试过!但是出不去。你也出不去了。那个男孩叫醒了沉睡在水下的东西。你听不见吗?你听不见祭死人的鼓声吗?"

"那是街上的乐队。"

"乐队?你听着像乐队?"

"你喝醉了。你是怎么知道那个怀孕的女孩的?"

"那根本不是乐队。"

牧师停了下来,想点根烟。

"很久以来我都以为这条腐臭的河是我们特性的一部分,你知道吗?我们从来不考虑未来。没事,我们把脏物都丢进河里吧,河水会把它们带走的!更确切地说,我们从来不计后果。这是一个不负责任的国家。但是现在我觉得不是这样,玛丽娜。那些污染河水的人都非常尽责,他们是在遮盖什么东西。他们不想让这东西出来,于是用一层层的油污和烂泥盖住它!他们甚至在河上停满了船只!让一艘艘的船白白地停在那儿!"

"你在说什么?"

"别装傻了。你从来不傻。那些警察往河里扔人,因为他们是真的傻。大多数被扔下去的人都死了,但是有几个大难不死发现了它。你知道水底下有什么吗?每家每户的屎尿,下水道的所有污秽物，什么都有！一层层的污垢让它死去，让它睡着——都一样，我觉得睡着和死亡没什么不同。之前一直都没出事，直到有人开始在黑水之下游动，就这样把它唤醒了。你知道'艾玛努埃尔'是什么意思吗？意思是'神和我们在一起'。问题在于到底是什么神。"

"问题在于你到底在说什么。快走吧，我带你出去。"

牧师开始使劲揉眼睛，用力到玛丽娜担心他会把眼角膜揉坏了。畸形男孩的眼睛是瞎的，他已经背过身，面朝墙壁站着。

"他们让他看着我。他是他们的孩子。"

玛丽娜试图理清事情的真相：牧师被镇上恨他的人骚扰，已经疯了。畸形男孩肯定是被自己家里人抛弃了，没有其他人可投靠，所以才一直跟着牧师。镇上的人把音乐和烧烤架都带到狂欢节庆典去了。这一切都很可怕，但也不是不可能。不存在死了又活过来的男孩，也不存在什么祭死人的仪式。

（那为什么没有任何一幅宗教画像？又为什么她还没问，牧师就说到了艾玛努埃尔？）

无所谓，我们走，玛丽娜想。她抓住牧师的手臂，让他靠在她身上行走。他醉得厉害，自己根本走不了。这是一个错误。牧师喝醉了，但是动作却出人意料地敏捷，他快速而准确地夺走了她的枪，她来不及反应，也来不及反抗。畸形男孩转过身来无声地喊叫着，嘴巴一张一合，却没有声音。

牧师把枪对准了她。她看了看周围，心脏在剧烈地跳动，口干舌燥。她不可能逃脱，牧师虽然醉了，但是在这么小的地方不可能打不中她。她开始哀求，牧师打断了她：

"我不想杀你。我想谢谢你。"

说着，他放低了枪，又突然把枪举了起来，塞进嘴里，扣动了扳机。

枪声差点震聋她的耳朵。牧师的脑浆盖住了那些没有意义的字母，男孩还在一遍遍重复着"死人在家里，在梦中等着"，虽然他有几个音发不好，说成了"死棱"和"冷着"。玛丽娜没有试图去救牧师：挨了这么一枪后，根本不可能还活着。她把枪从牧师手里拿了出来，心想，到处都是她的指纹，别人可能会指控她杀了牧师。该死的牧师，该死的镇子，她为什么要来这里？她想证明什么？去向谁证明？她用颤抖的手握着沾满了鲜血的枪。她知道不能这样双手血淋淋地回去，必须去找干净的水。

从小教堂出来以后，她发现自己在哭，同时发现小镇已经不再是空荡荡的了。枪响后的耳鸣让她以为鼓声还在远处，但是她错了。街头乐队刚好从小教堂前经过。现在她看清楚了，这不是街头乐队，而是一个游行队列。一行人敲着鼓，鼓声震天。站在队伍最前面的是一群身体畸形的男孩，他们晃着细胳膊，挥动着软体动物触腕般的手指。后面跟着一群女人，大多都很胖，那是因为她们基本只吃碳水化合物。还有几个男人——很少的几个——玛丽娜从他们中间认出了几个熟悉的警察，她甚至觉得自己还看到了苏亚雷斯，他抹着发蜡，穿着制服，并没有被软禁在家中。

在他们后面，一尊神像躺在床上被人抬着前进。就是一张实实在在的床，上面还有床垫。神像和人一般大，侧身躺着，玛丽娜看不清它的样子。她曾经在圣周[1]的游行列队中看到过相似的东西：刚从十字架上放下来的耶稣雕像，白色亚麻布上淋漓的鲜血，那布既是床也是棺材。

虽然她的直觉告诉她应该往游行队伍相反的方向走，但她还是走近了队列，想看看床上躺的是什么。

死人在梦中等着。

游行的人群在静默中前行，只有鼓的声音。她费力走到神像旁边，把脖子伸得老长，但是床太高了，高得不可理喻。

当她想再靠近一点的时候，一个女人推了她一下，玛丽娜认

1.基督教复活节前的一周。

出了她：是艾玛努埃尔的母亲。玛丽娜想拦住她，但是她嘴里嘟哝着船和黑暗的河底，说那是房子所在的地方。游行的人开始喊"我，我，我"，床上的东西微微动了一下，一条灰色的手臂从床的一侧垂了下来。这时艾玛努埃尔的母亲用头撞了一下玛丽娜，甩掉了她。那条手臂像一个病重的人的，让玛丽娜想起了自己梦见过的手指，从腐烂的手上掉下来的手指。她这才跑了起来，手里紧握着枪，一边跑一边低声祈祷。长大后她就再没有祈祷过。她跑过那些摇摇欲坠的房子，沿着迷宫般的小路，一边跑一边寻找着路堤和河岸。她试着无视那似乎正在颤动的黑水——因为那水是不可能动的，这里的水不能呼吸，这里是一潭死水，它不可能用浪拍打河岸，不可能被风吹动，不可能出现这些漩涡、水流和潮涌——这是一片被禁锢的死水，哪里来的潮涌？玛丽娜向桥上跑去，没有回头。她用血淋淋的双手遮住耳朵，想盖住那阵阵鼓声。

绿、红、橙

差不多两年前，他变成了我屏幕上的一个点，绿色、红色或者橙色的点。我见不到他，因为他不见我，也不见任何人。他偶尔会聊天，至少会和我聊天，但是从来不开摄像头，因此我不知道他是不是还留着长发，是不是还瘦得像只小鸟一样。我最后一次见到他的时候，他像一只鸟一样蹲在床上，他的手太大了，指甲也很长。

在用钥匙反锁房间的门之前，用他自己的话说，他已经经历了两周的"脑部震颤"。这是停止服用抗抑郁药后往往会出现的副作用，感觉头部像是受到了轻微的电击。据他形容，这种感觉就像撞击到手肘后那种抽筋似的疼痛。我不相信他真的有这种感觉。我去他黑暗的房间看他的时候，听他滔滔不绝地谈起这个那个的副作用，就像在背诵一本手册一样。我认识很多吃过抗抑郁药的人，没有谁像他那样出现过大脑短路，他们遇到的副作用无非就是发胖、做些奇怪的梦，或者嗜睡。

"你总是非得跟别人不一样。"一天下午我这样对他说。他用手臂挡住了眼睛。我觉得自己已经厌倦了他还有他的那些闹剧。我还记得那个下午，在喝了半瓶红酒以后，我脱下他的裤子，想亲近他，他却把手放在我的头上说："不行的。"我把酒瓶扔在床上，愤怒地走了，整整一个星期没去看他。之后我们从未谈论过那天发生的事，我也从来没有看见过他床单上的红酒渍。我已经不爱他了。我只想告诉他，他这是在没来由地夸大那种悲伤。但是说这些话无济于事，就像生闷气或者指责他说谎一样，什么用都没有。

当他最后把自己关起来的时候——他的房间有独立卫生间和淋浴设备——他的母亲以为他要自杀了，哭着打电话给我让我劝劝他。当然，那时候我和他母亲都不知道他会永远把自己关起来。我透过门缝跟他说话，敲门，给他打电话，他的精神科医生也这样做了。我以为过两天他就会把门打开，像往常那样拖着步子在家里走来走去。我错了。两年后，我每天晚上都在等待他的网络头像变成红色、绿色或橙色，如果好几天那个头像都是灰色的话我就会很害怕。他不用他的名字马尔科，只用字母 M。

悲伤的人不懂得怜悯。马尔科住在他母亲家里。她每天给他做四顿饭，放在锁住的门前面的一个托盘里。是他要求她这么做的，他给她发了短信。他在短信里还说："别等我，别想着见我。"她不听，一等就是几个小时。但是他意志坚定得可怕。他受得住饿。他母亲试过连续好几天不给他放吃的，还听从精神科医生的建议试过给他断网。马尔科却连上了邻居家的网，直到他母亲可怜他，又把网连上了。马尔科并不感谢他的母亲，也从来不求她。他母亲好几次邀请我去她家，但是我基本上都拒绝了。我不能忍受他从房间里偷听我们的对话。于是我和他母亲总是约在我家附近的一个咖啡馆见面，每次谈话的内容都是一样的。她能怎么办呢？如果他不愿意接受治疗的话，她也不能把他赶出去，毕竟他是她的儿子。她感到很愧疚，尽管马尔科并没有遭遇过不幸，他们夫妻俩也从来没虐待过他。海边度假的照片里，他是世界上最暖心的男孩，他喜欢装扮成蝙蝠侠，喜欢收集图片做成相册，还喜欢踢足球。我总是说，马尔科只是病了，这不是任何人的错，这是大脑、药物和基因的问题。"如果他得了癌症，你就不会认为是你的问题了，"我说，"他抑郁不是你的错。"

她问我他是否和我聊天。我告诉了他事实：他和我聊天，但其实是网聊，他的话越来越少，好像逐渐消失在了网络中。马尔科变成了闪烁的字符，有的时候他不等我回答就消失了。他从不告诉我他怎么样了，他心情如何，他想要什么。这和他把自己关起来之前是完全不同的。之前他会滔滔不绝地谈论他如何接受治疗、吃了什么药；说他无法集中注意力，因为记不住读的东西而辍了学；还说他有偏头痛，而且感觉不到饿。现在他不说这些了。他总是谈深网、红房间和日本的鬼。但是我没跟他母亲说这些：我说我们谈的是他在网上看的书和电影。"啊，"她叹了口气，"那我不能把他的网给断了，这是他与生活连通的唯一纽带。"

与生活连通、向前看、要坚强，她是会说这类话的人：一个愚蠢的女人。我总是问她，为什么她会觉得我能让马尔科走出来。因为她总是让我敲门，求他出来。有的时候我照做了，而到了晚上，他在网上碰到我的时候，会打字对我说："别傻了，别理她。""为什么你觉得我能让他出来？"我问。她一个劲地往咖啡里加牛奶，直到咖啡变得面目全非，成了一杯热奶油。"我最后一次看见他幸福的样子，是你们俩在一起的时候。"她说，然后低下了头。她用的染发剂质量很差，总是发梢颜色太浅，发根又能看见白发。她错了，马尔科与我的生活被无言和不举所困。我问他怎么了，他要么回答没什么，要么坐在床上喊着自己是一个没有灵魂的空壳。我把那些最终总是以哭泣和烂醉结束的情感爆发叫作闹剧。可能他告诉过他母亲我们很幸福，然后她就这样信以为真了。也许他是想让他的悲伤一直陪伴着我，直到他不想这样了为止，因为悲伤的人不懂得怜悯。

"今天我读了些东西，讲的是一群和你一样的人。"一个清晨我这样写道，"你们是蛰居族。你知道什么是蛰居族，对吧？就是那些把自己关在房间里，由家人养着的日本人。他们没有任何心理问题，只是承受不了上大学、社交的压力等等。他们的父母从来不会赶他们出去。这在日本很常见，而其他国家基本没有这样的人。他们有时也会出去，尤其是在晚上，单独出去，比如去找吃的。他们不会像你一样让自己的母亲做饭。"

"我有时会出去。"他回答。

在回复他之前我迟疑了一会儿。

"什么时候？"

"我妈去上班的时候，或者清晨。她听不见，因为她吃了安眠药。"

"我不相信。"

"你知道日本人有哪点好吗？他们把鬼分成不同类别。"

"告诉我你什么时候出门，我们见一面。"

"那些小孩模样的鬼魂叫作座敷童子，他们一般不坏。坏的是女鬼。比如，很多鬼怪都是只有半截身子的女孩。它们拖着残缺的躯干在地上移动，看到它们（或者说，看到'她们'？）的人会被杀掉。有一种女鬼叫作产女，是在分娩过程中死去的女人变的。她们偷小孩，或者给小孩糖果吃。还有一种鬼是死在海里的人变的。"

"告诉我你什么时候出门，我们见一面。"

"我骗你的，我不出门。"

我狠狠地关闭了对话框，但是他没有下线，头像还是绿色的。我不会在他妈妈上班的六小时里守在他家门口看他有没有出来，我承诺一定不会，也确实做到了。

二十世纪九十年代，网络就存在于一条白色电线中，这条线穿过整个屋子，连接着我的电脑和电话机。我的网友对我来说就是真实的存在，每次断网或者停电的时候我都很焦虑，不能和他们聊象征主义、华丽摇滚、大卫·鲍伊、伊基·波普、疯狂街头传教士[1]、英国神秘主义者和拉美独裁了。我记得我的女性朋友中有一个也是蛰居者。她是瑞典人，英语很棒——我基本上没什么阿根廷网友。那个瑞典女孩说她有社交恐惧症。我不记得她的名字了，也恢复不了她的邮件，因为都在我的旧电脑里。她从瑞典给我寄过在欧洲之外买不到的纪录片的录像带和光碟。那时我也没怀疑：她既然不出门，那又是怎么走到邮局寄东西的？她可能撒

1.即Manic Street Preachers，是一支来自英国威尔士的摇滚乐团。

谎了。但是那些包裹确实是从瑞典发出的，至少她的地址是真的。邮票我还保留着，尽管那些录像带已经长满了霉斑，光盘已经无法播放，而她也已经人间蒸发了，变成了网络上的一个幽灵。我找不到她，因为我不记得她的名字了。我记得其他网友的名字，比如来自波特兰的里亚斯，颓废派和超级英雄的狂热崇拜者。我们之间的关系有点微妙，她给我发过安妮·塞克斯顿[1]的诗。英国的海瑟，现在还能联系上，她说会永远感谢我让她认识了约翰尼·桑德斯[2]。还有契普，总是爱上小年轻。另一个写优美诗句的女孩我记不得名字了，不过我还记得她写的一些不太好的诗，比如《我的那个忧郁的他》。马尔科曾自告奋勇地要帮我找回那些已经失去联络的女网友们，他说把自己关起来后他已经成了一名黑客。我倒更希望忘掉她们，因为忘记那些只有文字来往的人是件奇怪的事，她们曾经存在时比真实的生活还要真实，但是现在却比陌生人还要遥远。而且我有点怕她们。我在社交网站脸书上找到了里亚斯，她接受了我加好友的请求。我开心地和她打招呼，但她没有回我，从此以后我们就再也没有说过话。我觉得她应该不记得我了，

1.安妮·塞克斯顿（Anne Sexton, 1928 — 1974），美国自白派诗人，1967年获普利策诗歌奖。

2.美国吉他手、歌手和词曲作者。曾是著名摇滚乐团纽约娃娃的成员。

或者记不太清了，仿佛我和她只在梦中模糊地相遇过一样。

　　马尔科只有在谈论深网的时候才会让我感到害怕。他说他需要了解深网。他的原话就是这样：需要了解它。深网指的是那些不能被搜索引擎索引的网站，比我们大家使用的表层网要大很多，大五千倍。他向我解释如何才能进入深网，我听不懂，也丝毫不感兴趣，但是他说进去没有那么难。"深网里有什么？"我问。"卖毒品和武器，进行色情交易。"他说，"我对里面大多数的东西都不感兴趣，但是有些东西我想看看。红房间。"他指的是一个叫作"红房间"的聊天室，需要付费才能看到。他说他们在里面谈论一个女孩被一个瘦瘦的黑人折磨的视频。网上在出售这个视频和她号叫的音频文件，那声音听起来一点也不像人发出的，让人难以忘记。"我还想看看 RRC。""那是什么？""真实强奸社区。那里不存在任何规则。孩子们被活活饿死。那是网络上最阴暗的地方。……我不知道为什么你们都觉得孩子们受到了关心和爱护。"

　　"你小的时候别人对你做过什么事情吗？"

　　"从来没有过。你们总是问我同样的问题，你们总是想要合理的解释。"

　　"我觉得你说的深网什么的都是在骗人。你说的'你们'指的是谁？"

"不是骗人，一些正规报纸上有文章。你去找找，写的就是可以买凶杀人、买毒品之类的网站。'你们'，指的是像你这样的人。"

初中二年级的时候我用指甲花把头发染成了黑色，那是一种非永久性的染料，据说伤害很小，但是在染色的同时，它也让我的头发一缕一缕地脱落，就像在做化疗一样。学校里没人说什么，他们已习惯了女孩子们疯疯傻傻的样子，那个年纪的女孩就是那样。历史老师对我尤其好，虽然我并不是什么好学生。一天下午放学后，她问我想不想认识她女儿。我记得她颤抖着，抽着烟——现在老师在学生面前抽烟是可耻的，但是二十年前没人这么认为。还没等我回答，她就掏出一个黑色封皮的文件夹给我看。那是本活页夹，每页上都有一张画，并配有文字。这些铅笔画的主人公是一个穿黑衣服的黑头发女人，她坐在秋天的落叶间或者坟墓上，又或者正要走进树林，是一个美丽高挑的女巫。还有一张画的是一个罩着面纱的女孩，好像新娘或者旧时女孩子参加初领圣体仪式时的那种打扮，手上拿着蜘蛛。配的文字是日记条目或者诗句。我还记得有一句写的是："我想让你劈开我的牙龈。"

"这是我女儿的，"她说，"她从来不出门，我想你们或许可以成为朋友。"

我记得我当时想，那个女孩画得真好。我还想，画画这么好的女孩应该对我不感兴趣。我没有回答老师，不知道该说什么。我嘟哝着说，我在等我爸妈。我撒谎了：我是自己一个人走回家的。到家以后我把这件事告诉了妈妈。妈妈没说什么，但是后来她把自己关在房间里打了一通电话。

那个老师再没有回来上课。妈妈和校长谈过话了。那个老师没有孩子，也没有画女巫的女儿，从来没有过。她是骗人的。这是我很多年以后知道的，妈妈当时告诉我老师休假去照顾生病的女儿了。妈妈一直没有揭穿这个谎言，校长也是。好多年里，我都一直相信这个不出门的女孩的故事，甚至还尝试着画那些树林、坟墓和黑裙子的画。而那些画实际上是由一个孤独的成年女人描绘出来的。

我不记得那个老师姓什么了。我知道马尔科可以通过他在网上的侦探技能找到她，但是我更希望忘掉那个在一个放学后的下午想带我回家的可悲女人，谁知道她想做什么。

马尔科越来越少显示绿色的在线状态了，更多的是橙色的忙碌状态。他在线上，却很遥远，这是最接近灰色的状态了。灰色代表的是寂静和死亡。他越来越少给我发消息。他的母亲并不知道，更确切地说，我骗她说我们还和以前一样聊天。我发给他的信息越堆越多。有的时候我发现他在早上回了。

有一天晚上，他又变成了绿色的状态，而且主动向我发起了会话。"你怎么知道是我呢？"他说。他看不见我，我可以无所顾忌地哭。"现在有一些程序，"他写道，"可以复制一个死人。这些程序可以搜集一个人在网上零散发布的信息，并以此为脚本复制他的任何行为。这跟发给你的个性化广告差不多。"

"如果你是机器人的话就不会和我说这些了。"

"我不是，"他写道，"但是，当我真的变成机器人的时候，你怎么能发现呢？"

"我发现不了，"我回答，"这样的机器人还不存在，这个想法你是从电影上看来的。"

"这是一个很美的想法。"他写道。

我说他说得对，然后等他回复。他没什么可说的了，也不再谈红房间和复仇的鬼魂的事。有一天如果他再也不和我说话了，我会骗他的母亲，我会编些完美的对话，我甚至会给她一点希望：我会在喝咖啡的时候对她说，昨晚他告诉我他想出来。我希望有一天他能趁他母亲吃安眠药睡着的时候下定决心逃走，我希望走廊的食物不会堆积起来，我希望我们不需要有一天将门强行踹开。

火中遺物

地铁女孩是始作俑者。有人在议论这个，或者说至少在议论她的影响，她的力量，她如何以一己之力点燃了"篝火晚会"的火焰。他们说得没错：地铁女孩不过是在城里的六条地铁线里讲了自己的故事，而且总是只身一人。但她是如此令人印象深刻。由于大面积重度烧伤，她的脸和手臂全毁了；她会讲自己花了多长时间才恢复成这样，经历了数月的感染、住院和无尽的痛苦，没有了嘴唇，鼻子也整得很糟糕。她的眼睛只有一只完好，另一只眼只剩下深陷的眼皮。她的整张脸、头部和颈部看起来就像套了一副布满蜘蛛网的褐色面具；后颈处残留着一撮长发——那是头部唯一没有被烧着的地方，这让她的脸看起来更像一副面具。她的双手幸免于难，手上棕色的皮肤总是被乞讨来的钱弄得脏兮兮的。

她乞讨的方法极其大胆：上了车以后，如果乘客不多，而且大部分都坐着，她就会给他们挨个儿送上亲吻礼。有的人会厌恶地把脸别开，甚至会低声叫出来；有的人接受她的吻，觉得自己做了天大的善事；有的人恶心得汗毛直立。夏天的时候，她看到别人手臂上竖起的汗毛，就会用油腻腻的手指抚摸它们，并咧嘴一笑——她的嘴像一道豁开的口子。有人甚至一看到她就直接下车，他们已经知道了她的把戏，一点也不想接受那张可怕的脸送来的吻。

天热的时候，这个女孩会穿紧身牛仔裤，透明的上衣，甚至会穿高跟凉鞋。她戴着手镯和项链，妖娆的身体有着一种莫名的攻击性。

她乞讨的时候说得很清楚，这些钱不是用来做整形手术的——做那样的手术有什么意义呢？她的脸再也回不到从前了，她知道。她乞讨是为了生活，为了支付房租、购买食物，因为没有人会聘用她，即使是不需要露脸的岗位。每次乞讨，她都要说一遍在医院的经历，最后总会提到那个烧她的男人——胡安·马丁·波兹，她的丈夫。他们结婚三年，没有孩子。那男人觉得她给他戴了绿帽子，而事实也确实如此：她正准备离开他。他抢先下手毁了她，这样她就不能属于任何人了。他在她熟睡的时候，往她脸上浇了酒精，然后用打火机点燃了。当她躺在医院里说不出话来，所有人都以为她活不成的时候，波兹声称是她自己点的火，在一场争吵中，她朝自己泼了酒精，然后身上没有干就去点燃了一支香烟。

"大家都信了他的话，"地铁女孩边说边笑道，没有嘴唇的嘴看起来像爬行动物的，"连我父亲都信了。"

在医院里，她刚能开口讲话，就把真相说了出来，现在她丈夫在蹲监狱。

她离开车厢的时候，没有人议论她，车厢里一片沉寂。车轮驶过铁轨时发出的隆隆声碾碎了这无声的喧哗，仿佛能听见人们在心底里说着：太恶心了，太恐怖了，我这辈子也忘不了这个女人，她这样怎么能活下去……

"地铁女孩也许并不是始作俑者，但却是把这个想法带入我的家庭的人。"西尔维纳这样想。那是一个周日的下午，西尔维纳和母亲看电影回来——这是一次奇怪的出行，她们几乎从不结伴出去。地铁女孩照例送出了她的吻和她的故事，然后感谢大家，下了车。车厢里没有往常令人不安又尴尬的沉寂，一个二十出头的小伙子开口说，这女人太会来事儿了，真恶心，真做得出来；然后他开始开玩笑。西尔维纳记得，她那高个头、留着灰色短发、一副孔武有力的权威形象的母亲快速穿过车厢，步伐决然，一点也没有摇晃地——虽然车厢跟往常一样晃个不停——来到那个小伙子跟前，照着他的鼻子就是一拳，动作干净利落。小伙子的鼻子立即出血了，他开始号叫："你这个狗娘养的老太婆，你发什么神经？"母亲什么也没说，小伙子疼得哭了起来，周围的乘客不知道应该骂她还是应该帮她。西尔维纳记得她母亲飞快地看了她一眼，像是一种无声的命令，她们俩在地铁门打开的一刹那飞也似的冲了出去，快速冲上楼梯。西尔维纳缺乏锻炼，马上就累了——跑步会让她咳嗽，而她母亲已年过六旬。没有人追她们，这一点她们直到站在了大街上才真正确信。科连特斯大街和普艾雷顿大街的拐角处人流涌动，她们混入人群，好甩掉可能跟在后面的保安甚或警察。走了大约两百米，她们觉得自己安全了，她母亲放声大笑。西尔维纳无法忘记那快乐的、如释重负的大笑，好几年了，她从没见过母亲如此高兴。

说起"篝火晚会"，就不得不提及露西拉的登场以及在她之后一连串的焚烧事件。露西拉曾经是名模特，那时她多美啊，而且散发着一种奇妙的魅力。在电视采访节目中，她看起来漫不经心、天真无邪，但是她的回答却是那么机智敏锐。她因此有了些名气。直到与科尔多瓦联盟队7号球员马里奥·庞特的恋情公开后，她才真正如日中天。科尔多瓦联盟队从乙级球队一跃升入甲级，并且连续两个赛季保持领先，除了队伍的英勇，还要归功于队中的头号功臣马里奥。他是个伟大的球员，完全忠实于自己的球队，为此拒绝了多家欧洲俱乐部的邀约。当然，也有专家称，考虑到自己三十二岁的年龄和欧洲顶级联赛的激烈程度，他与其跨越大西洋去丢人现眼，还不如在自己家当一个传奇。露西拉看起来很滋润，这对情侣有很高的曝光率，但是公众还是不怎么注意她——她完美无缺、幸福快乐，但是她没有爆炸性新闻。她拿到了更好的广告合同，在所有的时装秀里压轴出场，而他则买了一辆奇贵无比的车。

爆炸性新闻发生在一个凌晨，露西拉躺在担架上，被人从她和马里奥·庞特同居的公寓里抬了出来：全身烧伤面积70%，大家都说她活不了了。她只活了一周。

西尔维纳依稀记得新闻节目里的报道以及在办公室里听到的八卦：他在一次争吵中放火烧了她。情况跟地铁女孩相似。他趁她熟睡的时候，往她身上倒了一瓶酒精，然后把点燃的火柴扔到她赤裸的身体上。他看着她在熊熊火焰里挣扎了几分钟，然后用床单把她包裹住，打电话叫了救护车。就跟地铁女孩的丈夫一样，他声称是她自己点燃的火柴。

所以，当女人们真正开始自焚的时候，没有人相信这是真的，西尔维纳在等公交车的时候这样想。她去看望母亲的时候一般不开自己的车，她怕被跟踪。人们以为这些女人是在保护自己的男人——她们害怕他们，她们被吓傻了，无法说出真相。这样的

"篝火晚会"让人难以理解。

现在每周都会有一场这样的"晚会"。没有人知道该说些什么，或者如何阻止，除了那些惯常的方法：安检、管制、巡逻。但这些都没用。曾经有一次，西尔维纳的一个患有厌食症的女性朋友告诉她，没人能强迫你吃东西。"当然可以，"西尔维纳说，"医生可以给你挂水。""是的，但是没有人会24小时在那里。你可以拔了针管，拔了输液瓶，没有人会24小时监控你，人总是需要睡觉的。""确实如此。"西尔维纳的这个中学同学后来死了。西尔维纳坐在公交车里，把背包放在大腿上。她很高兴不用站着，因为她害怕有人会打开她的背包，发现包里的东西。

在"篝火晚会"出现前，还有很多女性被烧伤。这具有传染性，性别暴力专家们在报纸、杂志、电台、电视和所有可能的地方这样解释道。他们认为，是否要把这些事件报道出来，这是个复杂的问题：一方面人们需要对这类针对女性的犯罪提高警惕；另一方面，这些报道可能会激发更多类似的犯罪，就像青少年自杀案件那样。整个国家不断有男人烧自己的女朋友、妻子或情人。大多数是用酒精，就像庞特案那样（撇开这件事不谈，他还是很多人眼里的英雄），也有人用硫酸。还有一个极端恐怖的案件：在一次工人抗议活动中，一名女性被扔到了公路中间熊熊燃烧的轮胎堆上。西尔维纳和她母亲在得知洛雷娜·佩雷斯和她女儿的遭遇以后，便分头行动起来，并没有事先商量过。洛雷娜母女是第一次"篝火晚会"前最后的受害者。洛雷娜的丈夫在自杀之前把她们点燃了，用的是老掉牙的方法——一瓶酒精。西尔维纳和她母亲并不认识受害人，但两人不约而同都去了医院，试图探望这对母女，或者至少在门口抗议。结果两人在那里相遇了。地铁女孩也在。

这一次，地铁女孩不是只身一人。她身边陪伴着一群不同年纪的女人，没有一个人被烧伤过。记者们来了以后，地铁女孩和她的同伴们迎上前去。她在镜头前讲述着自己的故事，同伴们纷纷点头，并热烈鼓掌。地铁女孩说了一段残酷得令人无法忘怀的话：

"如果这种事继续下去的话，男人们，你们可得习惯起来了。大部分女人会变得跟我一副模样，当然，前提是她们能活下来。这真美妙，对吗？一种新型的美。"

记者们离开以后，西尔维纳的妈妈加入了地铁女孩和她的支持者的阵营。这些女人中有好几个已年逾花甲。看到这些老婆婆们也自愿要在大街上过夜，在人行道上搭帐篷，在示威牌子上写"够了！别再烧我们了！"，西尔维纳很是惊奇。她也留了下来，一夜无眠，第二天一早便直接去了办公室。她的同事们根本不知道一对母女被烧的事。他们习惯了，西尔维纳想，小女孩或许能让他们有一点印象，但也仅此而已。整个下午，她都在给母亲发短信，而母亲一条也没回。西尔维纳知道母亲不太会发短信，所以就没有多想。晚上的时候，她往家里打电话，还是没人接。她难道还在医院门口吗？西尔维纳去找她，但是那里除了几支被丢弃的记号笔和几个被风吹得乱转的空饼干袋，什么也没有。暴风雨就要来了，西尔维纳以最快的速度跑回家，因为她家的窗户都开着。

当夜，小女孩和她妈妈双双撒手人寰。

在3号公路边上的一处田野里，西尔维纳生平第一次参加了"篝火晚会"。那时政府和"燃烧的女人"协会采取的安全措施都非常简单。人们那时依然无法相信——对，一个女人在自己的车里自焚了，就在巴塔哥尼亚沙漠里。事情十分蹊跷：初步调查表明，这个女人先往车上浇了汽油，然后坐进驾驶座，亲自点燃了打火机。没有别人在场：没有其他车辆的痕迹——在沙漠里任何痕迹都无所遁形，而且也没有人能从那里步行离开。人们说这是自杀，一桩离奇的自杀案，这可怜的女人是被一连串焚烧女人的事件迷了心智。他们无法理解，这种事怎么会发生在阿根廷！

"他们真是一群畜生；小西尔维纳，坐。"玛丽亚·埃莱纳对她说，她是她母亲的朋友，管理着一家地下医院，专门接收烧伤病人。医院远在郊外，在她家族的老庄园里，四周到处是牛和黄豆。"我不明白这个女孩为什么要这么做，为什么没有联系我们。好吧，或许她就是想死。那是她的权利。但是这些畜生却说自焚怎么会发生在阿根廷，真他妈的……"

玛丽亚·埃莱纳擦了擦手——她正在剥桃子皮，准备做一个蛋糕——然后看着西尔维纳的眼睛。

"姑娘，放火烧女人是男人爱做的事。他们自古就烧咱们。现在我们自己烧自己。但是我们不会死，要让他们看看我们的伤疤。"

蛋糕是送给"燃烧的女人"协会中的一名成员的，庆祝她挺过了烧伤后的第一年。参加"篝火晚会"的女人里有些人愿意去正规的医院接受治疗，但是更多人会选择类似玛丽亚·埃莱纳开的地下医院。这样的医院不在少数，西尔维纳不知道到底有多少。

"问题在于没人相信我们。我们说我们是自愿自焚的，但是没人相信。当然，不能让住在这里的姑娘们开口说话，否则我们会坐牢的。"

"我们可以拍一部片子，把整个仪式记录下来。"西尔维纳说。

"我们想过，但是这会侵犯姑娘们的隐私。"

"好吧，但是万一有人愿意曝光呢？而且要是对方想把脸遮住，我们也可以让她戴上面罩之类的东西去参加'篝火晚会'。"

"那万一有人发现了晚会的地点呢？"

"哎呀，玛丽亚，草原上哪儿哪儿都一样。晚会是在田野里举行的，哪有人会知道那是什么地方。"

就这样，几乎未经深思熟虑，西尔维纳决定，如果有哪个自焚的女孩想把仪式传播出去，她就来负责拍摄。不到一个月，玛丽亚·埃莱纳就来联系她了，她将是唯一一个获准在"篝火晚会"上携带电子产品的人。西尔维纳开车前往，那个时候开车还比较安全。3号公路上空空荡荡的，一路上没遇到几辆卡车。西尔维纳听着音乐，尽量不让自己思潮涌动。她尽量不去想自己的母亲，一家地下医院的院长，那家医院位于布宜诺斯艾利斯南部一幢巨大的别墅里。她母亲总是那样热爱冒险、无惧无畏，不像她安安稳稳地在一家公司上班，没胆量跟这群女人混到一起。她也尽量不去想自己的父亲，在她很小的时候，父亲就去世了，他是个好人，有点笨手笨脚。（"千万别以为我干这事是因为你爸爸，"有一次，在那家别墅医院的院子里，母亲一边检查西尔维纳带去的抗生素一边对她说，"你爸爸是个好人，从来没让我受过苦。"）她也尽量不去想自己的前男友，当她了解到母亲是个激进分子的时候，她就提出了分手，因为她知道他肯定会让她们陷入险境。她也尽量不去想是否要背叛她们，是否要从内部制止这场疯狂的行动。自焚从什么时候开始变成了一种权利？她为什么非得尊重她们？

　　仪式在傍晚时分开始。西尔维纳用一台有摄像功能的相机进行拍摄：现场禁止携带手机，而她也没有更高级的摄像机，又不想买一台新的，怕万一暴露了行踪。她把一切都拍了下来：女人们把巨大的干树枝堆成一堆，用报纸和汽油点燃，火苗蹿起了一米多高。她们身处田野中，被房屋和一排小树林挡得严严实实的，从公路上根本看不到这里在发生什么。右边还有一条路，不过离得很远。现在这个时候，周围的居民都回家了，路上也没有行人。太阳落山的时候，被选出来的女孩走向了火堆，她走得极慢，不住地哭泣，西尔维纳以为她要退缩了。女孩为自己的仪式选了一首歌，其他人——稀稀落落十来个——唱了起来："你的身体走向火堆，去吧。/火苗很快会把你吞没，去吧。"女孩没有退缩，她像跳进泳池一样跳进了火堆，往火焰深处钻，就像要把自己淹没。毫无疑问，她这样做完全出于自愿；或许这种自愿归因于迷信或者他人的煽动，但的的确确是自发的。她在大火中燃烧了大约有二十秒，两个包裹着石棉的女人把她拉了出来，然后火速送往地下医院。西尔维纳在镜头扫向医院大楼之前关闭了相机。

那天晚上，她把那段视频传到了网上。第二天，浏览量就飙升到了几百万。

西尔维纳坐在公交车上。她母亲已经不再是南部地下医院的院长了，因为一个自焚女人的父母发现了那栋历经百年、曾经是一家养老院的石头别墅里的秘密，他们愤怒地高喊道："她可是有孩子的！她可是有孩子的！"她母亲不得不离开。警察突然来搜查时，她母亲在一个邻居的帮助下成功逃脱了。那个邻居也是"燃烧的女人"协会的成员，总是积极配合，但同时又和她们保持距离，就跟西尔维纳一样。她们把西尔维纳的母亲安排在贝尔格拉诺[1]的一家地下医院里当护士：在躲过整整一年的搜捕以后，他们认为城里要比穷乡僻壤更安全。玛丽亚·埃莱纳的医院也关门了，虽然警察们从未知晓那里就是自焚仪式的场所，因为在郊外焚烧麦秆和树叶再正常不过了，到处都能看到土地被焚烧过的痕迹。法官们滥发搜查令，虽然抗议不断，但是没有组建家庭的女人，甚至只是单独走在街上的女人都会受到怀疑。警察可以随时随地要求搜查她们的挎包、背包和汽车后备厢。情况变得越来越糟糕：

---

1. 布宜诺斯艾利斯北部的一个区。

以前有记录的自焚事件——也就是正规医院有案可查的——是每五个月一起，现在是每周一起。

正如西尔维纳的那个中学同学说的那样，女人们躲避监控的能力真是无人能及。田野太广阔了，不可能用卫星时时监控。况且，人都是可以用钱收买的；如果成吨的毒品都能进入这个国家，那么不过是多装了几桶汽油的卡车为什么不能通过呢？汽油是唯一需要准备的东西，因为干树枝到处都是，而女人们自焚的愿望则随身携带。

"这事停不了。"地铁女孩在一次电视采访中这样说道。"你们还是往好的方面看吧。"她笑着咧起了像爬行动物一样的嘴，"至少不会有人贩卖妇女了，因为没有人想要一个毁容的怪物，也没有人想要这些发疯的阿根廷女人，万一她们哪天自焚了呢？万一她们把火烧向了客人呢？"

一天晚上，西尔维纳在等她母亲打电话过来要抗生素——她跑遍了城里"燃烧的女人"协会成员们工作的几家医院，终于弄到了一些——突然很想念前男友，想跟他说说话。她喝了很多威士忌，鼻子里都是烟味，还有用来治疗烧伤的呋喃西林纱布的气味。那是一种很难描述的味道，闻起来大致像汽油，但又透着某种奇怪的、让人难以忘记的温暖，掺杂着烧焦的人肉味，经久不散。西尔维纳打消了关于前男友的念头，因为早些时候，她在街上看到他和另外一个女孩在一起。但这也说明不了什么，时下里很多女人为了免受警察骚扰，往往会找个伴同行。自焚事件以来，一切都变了。几周前，那些从最早的自焚事件中幸存的女人们开始上街了。她们坐公交车，去超市购物；她们打车，坐地铁，去银行开户头，在马路边的露天咖啡馆里享受咖啡。下午的阳光把她们可怕的脸照得闪闪发亮，她们用残缺不全的手指握着咖啡杯。她们会找到工作吗？男人和女怪物组成的完美世界何时到来？

西尔维纳去监狱探望玛丽亚·埃莱纳。一开始，她和她母亲都担心埃莱纳会被其他犯人欺负，但事实是，她受到的待遇出奇的好。"因为我跟她们交流。我告诉她们，自古以来，女人一直在被烧，女人被烧了四个世纪！她们不敢相信这是真的，她们对女巫审判一无所知，你们看到了吗？这个国家的教育是一团屎！但是她们有兴趣了解，可怜的姑娘们，她们想知道。"

"她们想知道什么？"西尔维纳问道。

"她们想知道什么时候自焚会停止。"

"那什么时候会呢？"

"哎呀，我怎么知道呢。要我说，永远存在才好呢！"

监狱的探望室就是一间棚屋，里面放了几张桌子，每张桌子周围有三把椅子，一把给犯人，还有两把给来访者。玛丽亚·埃莱纳压低声音，她不相信那些看守。

　　"一些女孩说，一旦自焚人数达到宗教裁判所曾逮捕的女巫数量，她们就会收手。"

　　"这个数字很大。"西尔维纳说。

　　"这要看怎么说了，"她母亲插话道，"有的历史学家说是十几万，有的说是四万。"

　　"四万也是很多人。"西尔维纳低声咕哝道。

　　"四个世纪的时间，这不算多。"她母亲继续说道。

　　"六个世纪以前，欧洲并没有多少人，妈妈。"

　　西尔维纳觉得愤怒，眼睛里顿时充满了泪水。玛丽亚·埃莱纳张开嘴又说了些什么，西尔维纳一句也听不进去。她母亲也在继续说着，两个女人在监狱探望室惨白的灯光下交谈着，西尔维纳只依稀听到她们说自己太老了，经受不了焚烧，感染会立马要了她们的命，但是小西尔维纳，啊，如果哪一天她决定了，那将是一次绝美的焚烧，她将是一朵真正的火中之花。